U0028769

屋久悠樹
Yuki Yaku Presents
Fly
Illustration
弱角
友崎同學
Lv.4

弱角友崎同學

屋久悠樹
Yuki Yaku Presents
Fly
Illustration Fly

The Low Tier Character "TOMOZAKI-kun": Level.4

Lv.4

角色介紹

友崎文也
高中二年級。弱角。

日南葵
高中二年級。學校的完美女主角。

七海深奈實
高中二年級。開心果。

夏林花火
高中二年級。小個子。

泉優鈴
高中二年級。很吃得開的女孩子。

菊池風香
高中二年級。喜歡看書。

水澤孝弘
高中二年級。志願當美容師。

中村修二
高中二年級。在班上是頭目的地位。

竹井
高中二年級。體格很好。

成田鶇
高中一年級。很多方面都很自由自在。

紺野繪里香
高中二年級。班上的女王。

1　普攻威力提升會讓冒險一下子輕鬆許多

暑假結束不代表夏季結束，九月一日的天氣依然炎熱。

待在感覺有點老舊的教室裡，我藉著打呵欠充分體現許久未曾早起所引發的睡意，加上精神抖擻的日南，她睜大眼睛、坐姿端正、用確實定焦的目光正面迎視，我們兩個面對面坐在椅子上。

換句話說時隔一個月又多一點，我與日南來到常去的教室開會，也就是第二服裝室。

「接下來，在決定今後動向前，要先確認幾件事。」

動作快狠準，日南還是老樣子，說起話來很重視效率。

「確認？」

我邊說邊環顧教室。

可能是每次來這就會不自覺拍掉灰塵，或是將桌子椅子移到比較方便談話的位子，初次來這感覺到的蕭瑟氛圍稍微淡了一些，這個空間開始變得有點人味。在這樣的氛圍下，有個地方果然還是從那時開始就沒有任何變化，就是這傢伙現正展露的淡漠態度。

「打工培訓應該都在暑假期間搞定了吧？進展如何？」

日南將富含光澤的頭髮柔順地勾到耳後，一面用流暢又易於聽取的聲音說道。

「哦，想談這件事啊……就是去那邊五天，店長和店內員工各教我兩小時，沒什麼特別的事情。我也有跟水澤近距離接觸，但沒說到太多話就是了。」

「喔。也就是說在那之後情況沒有任何改變……嗯，那今天就要來決定進入第二學期該展開的新目標。」

「嗯。」

接下來，該決定的事項果然還是「訂立目標」。

暑假期間我們為了撮合中村和泉跑去集體外宿，我還與菊池同學交流，以及與日南交惡後重修舊好。跨越諸多困難來到今日，習以為常的日常生活再次回歸。像這樣交談、談論的方向完全是積極正面的，果然跟那時一模一樣。

「總之，既然培訓期間有五天，我原本希望你至少能自動自發做些特訓……看來是我過分期待。」

「是，都是我不好。其實我個人是很想那麼做啦。」

「哦，是因為要反抗我才把精力用完？」

「嗚……」

「你還是一樣好懂呢。」

「吵死了，我自己也心知肚明啦。」

此外，聊天內容都以讓我成長為前提，途中稍微會起些無聊的口角。這種莫名熟稔的氣氛果然也跟平常如出一轍。

——不過。

「算了。那就先來看今後的目標吧。」

「好。」

在這之中卻有一個差異。

「上次的『小目標』是『跟我以外的女孩單獨出去』，這個已經達成了……那下一個目標就是『跟女孩子分享彼此的祕密』吧。」

日南說到這，看似有些坐立難安地別開目光、不再看我，然後再次淡然地開口。

對，就只有一樣。只有這點稍微起了變化。

「……關於這個目標，有什麼問題嗎？」

——那就是日南會針對『目標』的內容跟我做確認。

「沒有——」

我將日南那番話與自己的感情兩相對照，稍事思考後才接話。

「為了達成這個目標，若是不用當成習題跟某人告白，或是說些口是心非的漂亮話，那我個人也沒什麼問題。所以針對這項目標，我想再深入了解一下。」

而我也不遑多讓，對於日南賦予的「目標」，我能出自本意，大方表示自己的意見。

對於我毫不避諱的語氣，日南瞬間面露驚訝地微張著嘴，但她馬上換回平常會有的冷靜神情。

「說得也對。關於這個目標，其實就是字面上的意思。跟對方分享彼此的祕密，這種行為容易讓雙方認定彼此是特別的，一方面也證明你們互相信賴。若是能夠達成，那你就向中等目標邁進一大步，該目標就是『升上三年級之前交到女朋友』。」

「原、原來如此。」

「『互相分享』是重點。不能只是單方面陳述，或單方面傾聽。重點在於彼此都認為對方是特別的，能夠敞開心胸。」

說到互相分享祕密這件事，我想起菊池同學說過「在寫小說」這個祕密，但這不是「互相分享」，感覺似乎不太一樣。可是這麼說來，只要我向菊池說出某個祕密，就能達成目標吧？

想到一半，不知為何日南突然用過分完美的目光仰望我，將嘴脣微微張開，就像在撒嬌一樣。

「就好比這樣，我跟你一直擁有這種不可告人的關係……明白了吧？」

「什麼……」

這陣突襲害我的臉開始發燙，日南則露出調皮的笑容盯著我看。

「怎麼了？」

緊接著就像要乘勝追擊，日南用那雙大眼望著我的臉。

「沒、沒什麼……」

堵得我啞口無言後，日南先是露出滿意的笑容，接著又變得一派認真，她的表情恢復冷靜，用手指指著我。

「哦～？」

「看樣子今後還必須提高這方面的防禦力。現充女子很擅長自然而然縮短距離，動不動就被耍得團團轉會被人看扁。」

「妳、妳也真是……」

日南就像這樣又用平常會有的調調把我耍得團團轉，我設法保持鎮定。可、可惡，我在這方面的防禦力幾乎等同是零，所以那樣超有效。怎麼能輸給她。

「另外還有一件事，應該也用不著我多說了，你要盡全力消化每天的課題。當然也要注意那些小目標和中等程度的目標。最後，最重要的一點莫過於……」

日南接二連三迅速做出指示。所以我針對這點——順便回敬剛才那些，說了句

「我知道啦。」將她的話打斷。

「自行評估，一旦發現去做某種挑戰有可能累積經驗值，最好積極挑戰……是這個意思對吧？」

「……知道就好。」

當我的話說完，日南的眼睛便眨了兩下。

「嗯。」

其中一邊的眉毛向上挑，我露出挑釁的表情。如果是不久之前的我，甚至不曉得該怎麼擺出這樣的表情。很好，這下稍微多點以牙還牙的能耐了。

在那之後日南瞬間忿忿不平地抿起嘴脣，但下一秒又變得笑咪咪。

「既然你知道該怎麼自我栽培，接下來就好辦了。」

可以肯定的是並非百分之百聽懂，但我可以體會那句話所指的意思。

「或許……是吧。」

我點點頭，莫名有種心有靈犀感覺。

「當然是了。」

一面說著，日南滿意地看我點頭。看她露出那樣的表情，我心裡開始有個疑問

「我果然只是在她的掌心上起舞吧？」。事實上就是這樣吧。我果然還不是這傢伙的對手。

可是總覺得老是輸給她實在不甘心，想要多少反擊一下，所以我又補上這句。

「還有一件事，自行領悟該怎麼栽培自己……感覺『滿開心』的呢。」

這時日南詫異地皺眉，嘴裡「哦～」了一聲。

「覺得開心啊。」

像在試探的目光將我從頭看到腳。

「沒錯。」──因此我大力點頭。「畢竟開心才是最重要的。」

我說完扯出一抹笑容。

——在車站的月臺上撕破臉後，我再次來到那個初始之地。

並且跟這傢伙挑明。

決定今後該如何行事的最大基準在於必須是自己「真正想做的事」。

且我「真正想做的事」是這個——變成遊戲裡的「角色」，也就是真心投入喜歡的遊戲，真的樂在其中。

所謂「真正想做的事」並非「短暫的假象」，也不是「單純的自我催眠」——而是真實存在。

雖然這毫無根據，也沒有證據可以證明，只是空口說白話罷了。

總之講都講了，還說得理直氣壯。

所以說，那天勢必會到來。我必須對這傢伙提出根據和證據。只是不曉得這天什麼時候會來。

想到這邊，裝得從容不迫的笑容再也沒有任何餘裕，開始擔心「該怎麼辦……」，那笑容也變得好像在乾笑一樣，彷彿要掩飾這份不安。唔——嗯，接下來該怎麼做才好。

下一刻，日南疑似看出我沒自信，用嗜虐的眼神盯著我瞧。

「剛才我出了一個超級難題，說這個證明題強人所難也不為過……期待你的解答喔？」

「知、知道了……」

被人下通牒，無從反抗的我只能點頭。

日南同學依然精明得過分，不能容忍半點模糊地帶。

「不過，那些事先擺一邊。」

她改變話題。

「嗯，說得也對。」我點頭道。「要先談今日的課題對吧？」

這話讓日南吐了一口氣，嘴邊含笑。

「說對了。你暫時先觀察班上的情況。」

「觀察班上的情況？」

日南點了點頭。

「你至今做的都是在演練一些基礎規則，為了提升表情或說話方式等基礎能力，要在集團中炒熱氣氛，還做了許多基礎訓練，就為了與他人構築對等之上的關係對吧？」

「是那樣沒錯。」

我有在鍛鍊臉部和臀部的肌肉，已經變成一種習慣。去買送給中村的禮物時，我也做過「表達自身意見」的特訓，更和深實實在學生會演講上活用這種經驗。透過數次調侃水澤和中村的特訓去實踐與人閒談。這樣回想起來，我確實做過各種嘗試。

「那你接下來就該做這個，要運用做那些事打下的基礎。」

「嗯，要運用。」我懂她的意思。「可是……這樣就需要『觀察』嗎？」

日南說了句「沒錯」，再次點頭。

「你的能力已經從谷底攀升，也學到基礎規則。有了這些打底，你還學到某種程度的基礎技能，並且實際操作。換句話說，基礎技能幾乎都齊備了。」

「該有的都有了嗎？」

被我一問，日南邊說話邊下註解「只是熟練度還不夠」。

「乍看之下好像該有的都有了，但是學會基礎再加以應用，這樣並不能學會別的基礎技能對吧？讓學到的基礎變得更加純熟，而且能複合運用，這才是進階活用的本質。所以接下來要透過反覆練習來磨練學到的基礎，讓它變得更加純熟，並且磨練判斷力，才知道什麼情況下要用什麼技能。這兩個才是重點……你應該知道我在說什麼吧？」

「這個嘛……」，我說話時想起 AttaFami。「我懂妳的意思。」

AttaFami 確實也是如此。將操作方法大致學過一遍，再來只要專心致志地磨練操作精確度，以便因應各種狀況自由自在出各種招式，同時磨練判斷力，才知道在什麼情況下該出什麼招式，實力將會自然而然提升。當這些轉變成普及的技能，人們則稱之為連續技或定式。

「必須反覆練習並判斷情況。在這兩大要素中反覆練習就只是一直埋頭苦練罷了。但說起另一個，關於臨機判斷力的鍛鍊，只要多加留意就會有某種程度的提升吧？」

我稍微想了一會兒，接著就想通了。

「哦，原來是這樣。所以才要觀察嗎？」

這時日南嘴角上揚，似乎在說我答對了。

「就是那樣。誰在什麼時候說過什麼話，背後意圖又是什麼？班上的人際關係圖是什麼樣子，奠定的契機為何？當一個團體基於強烈動機行動，這一切是什麼促成的？你要確實觀察這些，做完分析再將它們轉變成言語。」

「簡單來講就是觀察人類……該說比較類似觀察一個群體吧。要仔細觀察班上的情況，然後再磨練判斷情況的能力。」

當我說完，不知道為什麼，日南從椅子上站起並靠到我身邊。接著嘴唇貼到我耳邊，吐著氣小聲開口。

「鬼正。」

「唔啊!?」

看到我嚇一跳還滿臉通紅，狀似滿意的日南露出嗜虐笑容。

「總之，差不多就是這樣。若你能同步分析那些現充在使用的技能，將它們具體化並為自己所用，那樣就更棒了。」

在那之後她裝作若無其事，就像平常那樣說話，反倒顯得我反應過度。這種冷血又壞心的做法也讓人不禁覺得很有日南葵風格。

＊　＊　＊

「嗨，文也。」

我和日南先後離開第二服裝室，當我來到教室，和中村、竹井一起在教室後方靠窗處聊天的水澤注意到我。他的手微微舉起，用爽朗響亮的聲音向我搭話。

「你好啊，水澤。」

我刻意模仿水澤的動作，一面露出輕笑，盡量用很潮的感覺舉手、向他回禮。反正水澤本人都知道我在模仿他了，那我就看開點學個徹底。這樣還是沒有水澤那麼帥，但我自認跟一開始的時候相比，已經很有模有樣了。正確說來其實是在自我催眠。

我從教室後方慢慢走過，同時思考接下來該採取什麼行動。

好了，接下來該怎麼辦？

須思考的點如下，那就是我是否該就此接近水澤，加入那個中村軍團。若想或多或少賺取一些經驗值就該加入，我個人也想盡可能提升等級，所以打算就這樣走過去。可是話又說回來，雖然集體外宿的時候整天都混在一起，卻沒把握來學校也能混在一起，總覺得雖然有一起住在外面，兩者卻不能混為一談，讓人懷疑在學校是否不該靠近他們，這部分令人在意。畢竟對象可是我。

因此我就像在爭取時間，想要延長思考時間，慢慢讓步伐縮小，開始轉成龜速小碎步。必須趁這段時間檢討今後的行動。

就是這種感覺，我正在做慘不忍睹的掙扎，這時竹井突然異常歡樂地指著我。

「小臂也走太慢了吧～⁉你是企鵝喔⁉」

「吵、吵死了！」

這句話害我下意識吐槽。日南說過老是被人欺負不太好，再說我也身體力行學過好幾次了。這種事情最重要的就是反覆練習吧。還有竹井的基礎音量原本就超乎一般行情，害我不自覺嫌他吵。感謝竹井這麼吵。但拜託你別這麼大聲叫我小臂。

然而吐槽完才剛放心沒多久，現充的波狀攻擊可不只這樣，接著中村更用瞧不起人的神情開口。

「這樣的確很像遲鈍的文米。」

這話讓我不知該做何回應才好，像這種時候比起內容，回話的速度和語氣更重要吧，導出這個結論後，我深吸一口氣。

「你說誰遲鈍啊！」

「咦？當然是文米啦。」

被我吐槽，對方馬上發動追擊。這、這就是中村。能面不改色使出遠遠超過本人容許範圍的連續攻擊。

但我可不能在這示弱。正因為好像能贏又好像贏不了，這樣才有挑戰的價值。能夠賺取經驗值反倒該慶幸吧。

因此我再度出擊，盡量不要散發弱者氣息、中間盡量不要出現詭異的停頓，正打算出聲——說時遲那時快。

中村看上去一臉淡漠，裝作滿不在乎。他們三人原本圍在一起面對面說話，這時他朝旁邊稍微挪動一小步，緊接著——

他空出約莫一個人大小的空隙。

這個動作就像在邀請另一個人加入他們。

「……咦。」

這是——

然而那三個人都沒有談到這件事，繼續理所當然地聊天。

為此感到震驚的我到頭來沒能對中村那句調侃回嘴，最後總算讓放緩的步調恢復原狀，帶著有點坐立難安的心情靠近那個三人群體。

再來我就順勢進入剛才空出來的縫隙。

如此一來，新的小圈圈成形，成員有中村、水澤、竹井和——我。

感覺有點不搭軋的四人聚首。

此時突然有個東西碰我的腰部。仔細一看發現水澤露出嘲弄的笑容，看似開心地挑眉，同時用拳頭輕輕地戳我。那個笑容怎麼看都像在捉弄人，但奇怪的是我並不討厭，甚至莫名感到有些開心。

我又把這個小團體看了一遍。有水澤、中村和竹井。這三人看我的目光……充滿調侃、明顯是在捉弄我，不過，總覺得裡頭沒有半點刺人惡意，並沒有要排擠我的意思。

我至今為止都是獨行俠，可是也許——

加入這樣的小團體後，校園生活搞不好會變得更加和平快樂，讓人心情愉快。

我一面發呆一面想這些事情。

下一秒，我的小世界外突然傳來「喀沙」一聲。這個聲音讓我回魂。

轉眼一看發現一個放在紅色花俏手機殼裡的智慧手機正朝我對焦。

「……好欸！偷拍到小臂的蠢臉了～！看我把它上傳到 Twitter！」

「喂、喂你先等一下！」

才沒多久的工夫，我馬上就改觀了，心想「不，這樣哪裡和平了」。

＊　＊　＊

幾分鐘過去，我費盡唇舌終於說服對方，沒讓他把相片傳到推特上，接著我們四人一起走出教室。一路上三不五時被人捉弄，要不就是跟人回嘴，但有時也會努力主動出擊，試著調侃對方，在走廊上走著走著就來到體育館了。四人各奔東西按照高矮排隊入列，開學典禮順利結束。對了，後來我獨自一人匆匆回到教室，這點就別計較了。做特訓也是需要中場休息的。

上第一節課之前。在教室中，我坐到自己的位子上，這時隔壁傳來一聲「嗨」。猛一看發現是泉將手舉在胸前輕輕揮舞，對我露出有點調皮的笑容。她的表情和舉動依然是那麼親切，可見體內蘊藏的溝通能力有多高。

「……妳、妳好，泉。好久不見。」

我努力應對這個出其不意的攻擊，向她回禮。刻意揚起嘴角，裝出自然的笑容。

「好久不見！去外面集體住宿之後就沒見過了～」

泉說完不知為何露出突然想到什麼的表情，有那麼一瞬間，看似害羞的她目光游移。怪了？我一時間沒看出這個反應代表什麼意思……喔喔我懂了，是因為我們集體外宿的目的在於撮合泉和中村吧。

試膽大會結束後，中村邀泉去約會，那場集體外宿繳出些許成績。根據日南所說，事後好像只跟泉說這次外宿其實是為了撮合他們兩個。聽說感到害羞的她非常感謝我們。另外還有一件事，就是中村目前仍然被蒙在鼓裡。我也覺得這樣比較好。

「這個嘛——好像是那樣呢——」

我開始動腦筋。泉露出些許破綻。既然這樣，眼下是否有機會「捉弄她」？平常很難靠我的力量調侃她，既然她都露出這種破綻了，那就等同用不鋒利的武器砍肚子也不會被彈開，我的技能似乎也能造成傷害。但別說是武器不夠鋒利，搞不好武器太弱也說不定，我不想面對這個可能性。

於是我接著在腦中列出所有關於泉的已知情報，試著找話並調整語氣。

「對了，結果後來妳跟中村進展如何？」

「咦!?這個——！」

我用周遭學生聽不到的音量詢問，泉的臉變得有點紅，她朝四周環視。喔喔有用欸。出其不意攻擊對手的弱點，在這種超有利又卑鄙到極點的狀況下，我的捉弄多少也會對泉產生效果是嗎？

「其、其實，暑假期間修二似乎要忙家裡的事，好像還是沒空出門……」

「喔、喔喔，是這樣啊？」

後來對話仍持續進行。

「就是——這個樣子……不過。」

「嗯，不過？」

泉先是說了句「跟你說喔」，接著就微微地垂眼。

「下星期的週末……我們兩個要一起去買東西。」

她話說得支支吾吾。

「噢噢！原來是這樣啊！」

這樣的進展著實令人開心，所以我運用所謂的聲色並茂「技能」，盡量忠實呈現那份情感。為了表示真心運用技能，這就是我的真心加技能混合技。

「嗯……就是這麼一回事。」

話說回來，暑假做了約定，直到九月的第二個禮拜才要出去。這兩人的龜速進展令人不禁苦笑，話雖如此那個中村跟泉終於要單獨出去了。真是可喜可賀。完全不會想詛咒這兩人被炸死。

「太好了！」

「嗯……既然都走到這一步了，我要加油。」

緩慢點頭的同時，泉小聲說著，這話聽起來像是對我說的，一方面又像在說給自己聽。

「這樣啊……嗯，說得也是。妳加油。」

因此聽她這麼說的我為了不流於敷衍，回答的話是出於真心。

然而正處於感性狀態的我被人出其不意攻擊。

「對了！那友崎你呢？」

「咦，我、我？什、什麼事？」

「還能有什麼事！最近不是聽說你有在追女孩子嗎!?」

「沒、沒啦……」

被人這麼一問……老實說腦海中是有浮現某張臉，但我沒那個膽跟泉吐實，所以眼神飄了一會兒——

「沒、沒什麼特別的對象……」

「不，剛才那陣停頓未免太可疑！」

「沒、沒這回事……」

「哦～？好可疑～～」

還是老樣子，一講到跟戀愛有關的事就兩眼發光。說我最近疑似有在追人是怎樣……

「你們兩個在做什麼⁉該不會在講色色的事情⁉」

背後突然響起超有活力的聲音。就算不看後面，光聽這句話也知道是誰，但我還是轉過去看，在那的人果然是深實實。

「深實實妳聽我說！其實剛才友崎他……」

「不，泉妳就別說了！用不著說明！」

「哎唷——⁉看樣子真的在講色色的事！」

「就說不是那樣了！」

就這樣，當我被捲入這陣騷動，教室前方的座位傳來斥責聲——「喂！」。朝那一看發現是小玉玉從遠方指著深實實。

噢噢，隔了一個暑假，好久沒看到小玉玉了。她的個子還是一樣嬌小，栗色的頭髮正閃閃發光，會坐在前排應該是個子太小的關係。

「女孩子家別大聲說這種話！」

她個子小，就算斥責別人也沒什麼魄力，但是直挺挺的指頭依然很有殺傷力。被指到的深實實不愧是深實實，不知為何一臉幸福地發抖。

「噢噢……小玉的斥責在疲憊身軀上遊走……！」

「別擅自拿人家的指責療癒身心！」

小玉玉毫不留情地指責再指責，那樣的她看起來生氣蓬勃，光看就覺得連我都跟著開心起來。順便說一下，深實實的活力是好幾十倍，這兩人是怎樣。

「我要補充欠缺的小玉元素！」

深實實邊說邊衝向小玉玉，用力抱住她。嗯嗯，她平常就是這樣。

「等等，妳這個笨蛋、深深！」

對小玉玉的抵抗視若無睹，深實實將臉埋在小玉玉的頸邊、一臉幸福。

後來深實實總算從該處慢慢抬起臉。她的表情莫名認真，一直看著小玉玉的側臉。

「我、我說，小玉……」

像在確認什麼，低垂著眼的深實實摸摸自己的鼻子。

「……咦？」

「妳該不會……」

她一副難以啟齒的樣子。眼神有些不安地游移，嘴微微地張著，看起來又像在煩惱該怎麼開口才好。深、深實實妳怎麼了。

「什……什麼事？」

當小玉玉緊張地回問，深實實再次與她四目相對，緩緩地開口。

「——妳是不是換沐浴乳了？」

這話問得既真切又落寞，小玉玉先是啞口無言地沉默幾秒鐘，之後便紅著臉用力直指深實實。

「別擅自去記他人身體的味道啦！」

「欸嘿！」

深實實完整發出「欸嘿」這個聲音，瞬間露出華麗的笑容並吐出舌頭。該怎麼說，總覺得深實實的變態度與日俱增，應該是我多心了吧。要是放著不管就會一發不可收拾，真是大意不得。

大概就是這種感覺，結束一場騷動後，兩人就像平常那樣感情要好又開心地閒聊，不時穿插指責，或是被人上下其手。呼、呼——這下害我遭受波及的騷動總算落幕了，回歸和平的日常生活——原以為是這樣。

當我將視線轉回，泉正用亮晶晶的目光看我的臉。

「那我們繼續聊剛才的事……友崎的戀情進展如何!?」

「沒、沒啦，這個嘛……」

泉一遇上這種話題就會緊咬不放，這份強勁果然也不容輕忽。

＊　＊　＊

我暫時對泉的追問避重就輕閃避，這時開始上課的鈴聲響起。

班導川村老師在同一時間入內，泉嘴裡吐出一聲「嘖──」，但她還是面帶笑容、滿足地結束對話。總覺得就算不能問出真相，光是能聊這件事似乎也讓她心滿意足。

「好了，大家就座。鈴聲已經響了──」

給人感覺就是一位堅強的女性，川村老師用堅定的語氣說著。這句話讓大家不再交談，安安靜靜地坐到位子上。

就這樣，第二學期的第一堂課開始，要花一大段時間開班會。川村老師在講臺上咚咚咚地整理約一半A4大小的紙束，接著語重心長地開口。

「……各位還是二年級生，但是你們也該正視大考了。我想你們在暑假期間都有用自己的方式自主學習，不過，學校這邊也要正式展開專門應付升學考的課程。因此今天要做最終會選擇的未來去向調查，並針對今後的選課進行說明。」

老師還是老樣子，先是用莫名充滿自信的語氣說完，接著就將一疊講義發給每一排的第一個學生。講義發到手上，上頭印刷的調查表幾乎都是以「升學」為前提，明確列出這所學校的方針。這裡雖然是埼玉縣，但我們的學校升學率還算高。

「首先要針對大家的應考科目選課……」

如此這般，比起做些指導課程，今後上課更以教授應考具體對策為主。因此會根據所選的課程在不同教室上課，並針對考試會考到的科目集中授課等，以上就是說明內容。

也是，再過一年多就要考試了。我並不討厭讀書，但是目前還未做出任何具體決定。是不是也該認真思考未來的路該怎麼走了？我要努力升學，目前只想到這個。

說明結束後，利用一小段時間將調查表填完，大家都把問卷交出去。

將收來的問卷確認一遍，川村老師的表情放緩。

「……嗯。那我們的時間還很充裕，順便連這件事也一起決定吧。來談將在三個星期後舉行的球技大賽——」

話一說完，竹井就高聲說了句「就等這個！」，惹得班上同學小聲竊笑。噢噢，只是一句話就能博君一笑。既然有值得參照的技能，就讓我偷走它——想是這樣想，要我直接照抄好像滿難的。因為我若是在這說出「就等這句！」，大家肯定會覺得莫名其妙，我想那是長久以來培養角色形象的成果。我算是不起眼的陰沉角色吧。好悲哀。總之就先照日南說的做，要觀察一下。

「這麼說也對，竹井你等很久了吧。不過時間都來到這了，接下來能決定的就只有……男生跟女生的隊長吧。」

川村老師在黑板上寫下「隊長」這個字樣。

「隊長要做的大概就是出席隊長會議。各個班級的隊長聚在一起決定哪個學年要比哪種球技，討論場地的使用順序。再來就是比賽當天幫忙準備場地和球，還要在比賽中以隊長的身分指揮，多擔任這類實務性的職務。那麼男女各推派一位。有人要自告奮勇嗎——？」

「我要當──！」

面對老師的喊話，竹井以幾近反射的速度舉手。這讓班上同學又開始竊笑。竹井這招已經不是技能了，更像是一種才能。就很像是角色的特性。竹井的特性恐怕就是「單細胞」吧。

「好──若是沒有其他人選，男生這邊就決定讓竹井當──」

「好耶！我一定會爭取到足球賽！」

竹井為純粹的使命感燃起鬥志，舉起雙手擺出勝利姿勢。中村則補上一句「你嘴上這麼說，去年卻猜拳猜輸，害我們要比排球對吧？」這句嘲諷把班上同學逗笑。竹井連續兩年都自告奮勇呢……

但是中村剛才的嘲諷，我看懂了。我邊觀察邊思考。

若是把剛才的嘲諷轉變成技能並分門別類，它就屬於「捉弄」技能的活用版。對單一個體發動「捉弄」，再讓群體看這個結果，藉此讓大家發笑，就是這麼一回事吧。

我也針對捉弄做過特訓了，或許可以挑戰一下。問題在於要有勇氣實施，若是我來做，可能會變得很奇怪……嗯，這樣太危險了，還是多多觀察、多多練習再做會比較好。

「又沒關係！所以說，葵！就由妳來當搭檔吧！」

竹井得寸進尺，朝日南大力伸手。

「嗯~?但我應該不是合適的人選，對吧老師?」

日南歪著頭露出像是小惡魔般的笑容反制竹井，朝老師看去。竹井則擺出大為驚豔的表情，目不轉睛地看著日南。剛才的秒技是怎樣。這個能準確射中男人心的技術已經來到騎馬射箭境界。那日南的特性就是「變換自如」。

「啊——也對。日南從這個學期開始要擔任學生會會長，很可惜，我不能讓她兼任球技大賽的隊長。」

「不會吧——!?我以為葵一定會自告奮勇擔任才舉手的欸!?」

這句話又惹得全班哈哈大笑。是這種毫不掩飾的真誠表現讓大家發笑吧。把內心的想法直接講出來，這點我也很擅長，但還不具備能表現得如此喜感的技能。要是我打算依樣畫葫蘆，那我還需要進行能用歡樂語氣說話的練習才對。

話說竹井好像很喜歡日南呢。去外面集體住宿的時候，他打桌球也積極指名日南當搭檔。只是不只竹井，大家都很喜歡日南就是了。

「哈哈哈。關於這一點，你還是死心吧。或是說——你果然不想幹了?」

「不，我知道了!我還是會做!」

竹井很配合地擺出勝利姿勢。

「哈、哈、哈。是嗎是嗎?那就交給你了，竹井。那麼男生的部分就這麼決定了……女生那邊是要當——有人要當嗎?」

川村老師環視整個班級。可是班上的女生就只有在那偷偷地看來看去，像要窺探彼此的動向，沒有太積極的作為。

我努力用觀察的角度觀看這些視線，觀察那股氛圍。這次不是觀察個人技能，而是觀察整體「氣氛」。

我看出剛才被竹井一連串動作炒熱的班上氣氛逐漸冷卻。說真的，隊長這種東西讓人沒什麼意願擔任。照剛才的說明聽來，工作內容並不輕鬆，該說都是些麻煩事。只有竹井是特例吧。

還以為深實實會跟竹井一樣積極，開開心心地舉手，但她一點毛遂自薦的跡象都沒有。別看深實實那樣，其實她深思熟慮。現場情況一度沒有起色。

緊接著，像要打破這陣沉默，水澤略為誇張地嘆了一口氣，同時轉頭看向竹井。

「別在意。大家只是不想跟你搭檔罷了。」

「咦!?是這樣嗎!?」

竹井用既焦急又悲傷的聲音大叫。這種熱血的反應讓班上男生全都笑了出來。噢噢，這是中村剛才也用過的手法，當著群體的面「捉弄人」。而且他的語氣和表情架構都很完美，讓人覺得真不愧是水澤。

這時我試著觀察那些女生……大約有一半的人在笑，但另一半的人感覺有點像在苦笑，只露出一點點牙齒。

原來如此，會變成這樣啊。雖然不是太嚴肅的對話，但是照眼下狀況看來，自己還是有可能被迫擔任隊長，沒辦法放心笑，應該是這麼一回事吧。大家都討厭麻煩事。

不過班上的女王紺野繪理香又是如何？想到這邊，我偷偷朝她張望，只見她窮極無聊地玩弄髮尾，臉頰連塊肉都沒抽，整個人懶洋洋地靠在椅背上，大剌剌地翹著二郎腿。噢噢，好強大的氣場。她的特性肯定是「女王威能」。跟她對上眼就糟了，所以我立刻將視線轉開。

「嗯──女生這邊都沒志願者嗎～？」

想也知道，大家都對這句話毫無反應。

「……嗯。看樣子沒人自願，那只好改天再議了──反正距離球技大賽還有一段時間，隊長的工作……下星期才開始。在那之前要是有人想做就來跟我報名。那今天先開到這邊……」

川村老師正要做總結。

「──我說──就讓優鈴做吧？」

這時女王尖銳的聲音響起。

「咦。那個──要讓我做？」

沒想到會被人點名，坐在我旁邊的泉遭人趁機偷襲，看起來一臉困惑。

「印象中優鈴在一年級的時候擔任二班隊長不是嗎？」

「啊——嗯……我有做過。」

她不知所措地摩娑自己的後頸，同時客氣地回應。

「果然是這樣——！那妳駕輕就熟，不是正好嗎？」

「啊——這個……」

有了「駕輕就熟」這個冠冕堂皇的理由似乎讓紺野覺得有幾分勝算，像要針對重點集中進攻並殺出一條血路，紺野的語音上揚，泉則語帶保留地含糊回應。

唔——嗯。總覺得這情形好像是那個。

第一學期曾在泉的房間聽她訴說煩惱，她說自己「容易隨波逐流」。以此類推，泉去年也當過隊長恐怕是隨波逐流的結果吧。

既然這樣，繼續照這樣發展下去，泉將會遭到擅長強行扭轉「氣氛」的紺野繪里香強迫，再次接下隊長一職——

沒想到。

「不，可是……」

「怎麼了？」

泉看起來有點緊張，目光不安地遊走。

「我今年不太想當隊長……」

她小聲表達自己的意見。

看到這一幕的我有點驚訝。

泉眼底並沒有百折不撓的堅定意志，但是露出面對紺野繪里香威逼對手的不悅目光，她還是設法與之正面對峙。第一學期時，泉曾經在她的房間裡說過真心話——「我想改變會不自覺看場合的自己」。剛才那些行動就像在一點一滴體現這點，讓我不禁注視著她。

在第三者看來或許這些微小的抵抗顯得弱不禁風。可是裡頭確實蘊含想盡力向前邁進的意志，哪怕只有一點點，我是這麼看的。

在一陣短暫的沉默後，看似嫌麻煩的紺野繪里香不再看泉。

「喔是嗎？那就算了。」

她不屑地說完，再次用手撐住臉頰。

「呼——」的一聲，泉靜靜地吐了一口氣，因為緊張而聳起的肩膀放鬆下來。眼裡看起來似乎也帶著一點水氣，可見她剛才是在硬撐，八成是那樣沒錯。在這場戰役中，她肯定再差一點點就要投降了吧。嗯，泉妳真能忍。

除此之外，就連我——恐怕連班上大部分的同學都不例外，不再受詭異的緊張氣氛束縛，全都鬆了一口氣。不過光靠話語和視線就能讓氣氛緊張成這樣，紺野繪里香果然是強大的氣氛支配者。處在輕鬆的氛圍中，我開始思考「那麼強大的能量究竟是從哪來的？」。

但這種安心感並沒有持續多久，紺野繪里香繼續撐著臉頰，看著她那些被自己用手指隨意抓起的髮尖，又射出第二箭。

「那就——平林來當好了——？」
「……咦？」
有人發出不知該做何回應的輕呼，這個人就是突然被人點名的同班同學平林。有著一頭瀏海齊平的黑色長髮，在班上算是比較文靜的女孩。雖然有看到她跟朋友混在一起，基本上卻以單獨行動居多，也就是所謂的孤僻女孩。為什麼這次會指名平林同學？我在思考其中的緣由，但就是得不出答案。
「妳就做嘛，平林——不是很擅長做準備嗎——」
紺野繪里香說完就發出有點狗眼看人低的短促笑聲。說的話簡短，在那句「準備」之後是一陣笑聲，感覺就很看不起對方，把人當成土包子。
像在呼應紺野繪里香的主導行為，紺野幫的成員接二連三表示贊同。
「她看起來確實很有準備樣。」
「哎唷準備樣是什麼鬼。啊哈哈。」
「妳來做就再好不過啦——」
避免把話講白、說要強迫對方擔任，同時又催促平林同學主動擔任，背後還有瞧不起人的目光陪襯。這簡直就是利用「氣氛」打造的無形暴力，大概就是這種感覺吧。讓我不禁在心裡發出一聲「唔哇」。
「反正總要有人做嘛——」
「就是這樣！讓擅長的人做正好。」

「擅長準備到底是啥鬼。啊哈哈。」

那些跟班聊奇怪的話題聊得很開心，而紺野繪里香用理所當然的表情看著這一切。

——所謂的「氣氛」就是「集團裡的善惡基準」，以上是日南觀點。所以我根據她教的「規則」觀察狀況，從自己的角度思考。

紺野繪里香她們在做的事其實並不複雜。想要利用班上既有的「氣氛」，用來當武器迂迴攻擊平林同學。

「土裡土氣是一種罪」，班上恐怕已經醞釀出這種「氣氛」。土氣的人不如潮人，就是像這樣的善惡基準。

紺野利用這種氛圍，藉著「擅長準備」這句話替對方貼上「土氣」的標籤，拐彎抹角鄙視對方，用來建立上下關係吧。

然後企圖把麻煩事推給被貼上「下等人」標籤的平林同學。

嗯，就這樣轉換成字句思考，總覺得那種氛圍並不討喜。

所以我仔細觀察的同時也不忘思考。在這種情況下，要怎麼活用自己擁有技能來以自身意志介入這種「氛圍」？也就是我是否能改變這種「氣氛」？

我審視之前得到的所有技能，還有觀察到這邊獲得的所有結果，在想該如何扭轉目前的局勢——然而。

越想越覺得眼下情況光靠我的技能根本無法搞定。是說一般情況下都無法緩和班上氣氛了，怎麼可能臨時跑去處理這麼困難的問題。

受害者只有自己一個人另當別論，要是在這裡輕舉妄動，可能會害平林同學的處境變得更加艱難，實在不好隨意行動。雖然感到懊惱，我還是決定靜觀其變。

「怎麼啦平林～到底要不要做？不想做就拒絕嘛～」

這是為了不讓氣氛改變嗎？紺野繪里香若有所思地出聲催促。接著那些跟班就在後方鼓譟，嘴裡說著「對——對——」。此時紺野派中唯獨泉什麼也沒說，用擔心的表情看著平林同學。

有那麼一會兒，平林同學露出不知該做何反應的樣子，但她最後似乎放棄了，扯出一抹像要說服自己的微笑，彎起手肘緊貼在身側的手微微舉至臉旁。

「那……我來做。」

她向川村老師這麼說。

「……平林，這種事不能勉強哦？再說就算今天沒定案，未來還是有充裕時間決定。」

老師用認真的語氣開導，但是平林同學輕輕地搖搖頭。

「那個……沒關係……我明白。」

平林同學說完又露出脆弱的笑容，似乎想化解這陣尷尬。

「……這樣啊。」

老師看起來不大能接受，但她本人都這麼說了，大概覺得再勸下去也沒用，便皺著眉頭接受平林同學的說詞。

「那麼——本班球技大賽的隊長就決定是竹井和平林了，大家都沒意見吧？」

「沒問題——！美雪請多指教！」

「啊，這、這個，嗯……請多指教。」

竹井這話充滿幹勁，讓平林同學在最後微微露出自然的笑容。

就這樣，第二學期第一天第一次開的漫長班會落幕。為了確實完成習題，我一直用自己的方式仔細觀察，嗯，感覺沒看到什麼正向片段。所謂的集團氣氛操盤，說穿了就很像用現充技能互毆。做到那種地步已經是肉搏戰了。說真的我不擅長這種打鬥，可是在人生攻略裡，這種技術還是必要的吧。

話又說回來，看起來少根筋卻能將班上女生的名字記得清清楚楚，還跟對方友善地攀談，竹井這種做人功夫值得我學習。感覺那麼白痴卻能當現充，肯定是因為他在這方面挺討喜吧。就像只在格鬥賽中場休息時間現身於場內的吉祥物。竹井我支持你。

＊　＊　＊

第一節課用來討論誰要當隊長，結束後進入午休時間。

鈴聲響起並喊完口令，學生們陸陸續續從座位上起身，去找跟自己要好的小群體。這時我朝旁邊一看，發現泉依然坐在位子上，神情黯淡地盯著桌子瞧。這件事讓我有點在意——既然這樣就跟她搭話吧，我心想。最近我好像把特訓跟自己想做的事稍微弄混了。

「……泉？」

「啊……啊，友崎。」

泉突然間回過神，轉頭朝我這邊看，臉上堆起笑容。我打算調侃這點——雖說感覺有點不一樣，但還是帶著類似那樣的感覺踏出一步，再朝她搭話。

「妳在想……剛才平林同學發生的事？」

「這個嘛……嗯、算是吧。」泉尷尬地笑了。「……都寫在臉上了？」

「好、好像是。」

當我點出肯定答覆，泉神情凝重地嘆了一口氣，說話時語氣有點消沉。

「我是覺得……有點迷惘啦～」

「妳說……迷惘？」

被我回問，泉的目光頓時轉向紺野繪里香，臉上掛著苦笑。

「在煩惱該怎麼做才好，是這樣吧？」

「……對。」

她的話和眼神讓我有所察覺。泉在想該怎麼幫平林同學脫離那種狀況，什麼都辦不到令她懊惱吧。我也在想類似的事情。

「感覺滿難的。碰到那種情況，我們好像無能為力。」

泉跟著頷首。

「是啊……繪里香做的事並沒有過分到能讓我們說『妳別這樣！』……」

「……說得也是。」

我點點頭表示認同。

正如泉所說，紺野繪里香和她的跟班只是口頭上催促平林同學「妳來做！」沒有逼她也沒有威脅人，而且推給她的事情頂多就是「擔任球技大賽的隊長」。說老實話，就只是做起來有點麻煩罷了，並不是什麼驚天動地的工作。要是把這個工作推給平林同學真的那麼十惡不赦，那主動說要擔任的竹井又算什麼，到時竹井就真的是個白痴了。

「紺野並沒有強迫她。」

「說得也是……」

假如那是明確的威脅，我們還能出面主持公道，然而最後變成平林同學來做最大理由在於她說「我要做」。雖然背後有利用「氣氛」製造的隱形強制力在作祟，但就因為我們看不見，要主持公道相對困難。

「所以我們就別看得那麼重，只能在一旁觀望了吧。」

「好像是……這樣沒錯。」泉邊說邊垂下眼笑了。「……不過。」

「……不過？」

她短暫地「嗯——」了一會兒。

「其實我在想，要是我來代替她或許就能解決。」

「……這樣啊。」

的確，這樣一來平林同學就能得救。

「但我有我的考量，認為自己不能這麼做～」

「這個……妳所謂的不能是？」

我看不透她話裡的意思便如此反問。

「嗯——你想想看，要我代替她當隊長其實並不難，不過……」

「……不過？」

泉的嘴脣用力扁了一下，接著她再次開口。

「感覺……這樣到頭來還是順了繪里香的意。」

我聽到這邊總算明白過來，在泉房裡聽過的話又回到腦海裡。

「……是這樣啊。」

泉曾把心裡的話說出口，她討厭隨波逐流的自己。

「我想改變這樣的自己……所以那個時候我也就試著、稍微努力一下。」

這話說的有點害羞、有點曖昧。她口中的「那個時候」，指的恐怕是我和中村在舊校長室對打 AttaFami 的時候。面對責備中村的紺野軍團，泉雖然笨拙卻仍跟她們做對，那身影在腦海中復甦。

我心有所感地說著「這麼說也對……」並點點頭，泉則稍微壓低音量。

「還有，我今天……也做了一點嘗試喔。說我不想當隊長。不對，繪里香真的很可怕！不覺得那種目光超恐怖嗎⁉」

「的確，連我在一旁看了都捏把冷汗。」

「果然是這樣對吧⁉」

接著我們兩人都開始小聲竊笑。哦哦，跟人用一般方式對話把人逗笑了。沒有刻意安排笑點卻人引人發笑感覺滿不錯的，還有像在跟人說悄悄話的感覺也挺不賴。不對，我在說什麼鬼。

「能夠撐過來的我是不是很厲害？快點誇我！」

「不、不對吧，怎麼能像那樣自吹自擂！而且妳的眼神在飄對吧！」

「咦──好過分！可是每次碰到這種情況，繪里香真的都會變得很可怕！」

我就像這樣努力調侃人，同時順著進展順利的對話乘風破浪，當下還想到一件事。

每天奮力掙扎向前進的不只是我這個弱角，身為現充的泉也一樣吧。

「話說回來……原來是這樣啊。泉也在慢慢改變呢……」

「咦⁉是、是這樣嗎……？」

當我一不小心說出心裡話，泉便用閃亮到不行的雙眸盯著我的臉瞧。別、別這樣，太近啦。那陣有點香甜又年輕的飄香為現充特有，我還不習慣。魔法防禦力幾乎是零。

「是、是啊。」

我語無倫次地應道，這讓泉說了句「嗯，這樣啊……」，同時像在確認什麼似地望著自己的手掌。

「友崎你曾經這麼說過吧，現在開始改變也來得及。」

「……對。」

以前聽泉吐露心聲的時候，她曾說討厭隨波逐流的自己，可是又坦言自己或許沒辦法改變。當時我的確對泉說過類似的話。

「所以在那之後，我偶──爾會努力嘗試喔。」

「……是這樣啊。」

這時泉點點頭，對我露出調皮的笑容。

「再說……這些話還來自對繪里香大聲回嘴的友崎呢。看你表現得那麼帥氣，我哪能繼續隱忍！」

「咦，喔、喔喔。」

被她自然而然說出的「好帥」這個字眼擾亂心湖，一方面我努力做出回應。能夠在無預警的情況下說出這種話，真不愧是現充。明知背後沒有太深的意涵，對弱角還是很有效。效用無與倫比。

「嗯……所以我還是覺得，要是那個時候我屈服了，說我這次也要當隊長，到頭來又會走上老路。因此當下才不想那麼做吧。」

「……也是啦。」

的確如泉所說，那時大家互相推來推去、都不想當隊長，若是屈服於紺野繪里香的暴政並接下那個職位，那就等同隨波逐流了。更別說泉本身也不願這麼做。

只見泉小聲說著「是啊」，看似疲憊不堪地嘆了一口氣。

「……在集團裡自處真的很難。」

聽到泉這麼說，我突然有所驚覺。接著，先前日南出的和剛才給的課題害我吃盡苦頭之事全都變成走馬燈，在腦中徘徊不去，害我一不小心就隨口說了那句。

「妳說得對……真的、真的很難……」

「你、你好像感觸良深？」

這幾個月以來讓人太有感觸，我說話時將它們全都帶了進去，泉用有點嚇到的眼神看我。

＊　＊　＊

時間來到放學後。今天是第二學期的第一天，學校只上半天班。

今天放學後聚會不方便，所以沒跟日南開會就走了。她要跟深實實等人一起去吃午餐，在那前後抽身似乎不容易。休息時間她透過 LINE 用非常公事化的口吻跟我說這件事。

那我就盡量趁早回家，多出來的時間全都用來練習 AttaFami 吧——照理說都打定主意了，但奇怪的是，幾十分鐘後我跑到離學校最近車站旁的遊樂中心去。

「糟糕——！小臂好強——！」

我正在玩電玩遊戲，竹井則在後方看著畫面發出歡呼聲。坐在對面機臺前跟我對戰的人是中村，水澤在他後方。

也就是說放學後我正準備回家，卻被中村派出的聽令型「隨伴感應砲」竹井攔住，就這樣遭人綁架到有點煙霧瀰漫的遊樂中心「CRUZ」。

「動作真的好帥氣喔～！」

「竹井吵死了。」

「小、小臂好過分～」

對竹井冷淡吐槽的我再次贏得勝利。總覺得對竹井吐槽吐得越來越自然。該說果然是笨蛋竹井嗎？對這傢伙說得過分點也無妨，這種感覺越來越強烈。練習起來輕鬆愉快真是太好了。專門給人練習的竹井。

當眼前的機體切換畫面，我邊吐氣邊朝四周張望。這裡跟我偶爾會去的大宮遊樂中心不一樣，比較像是個人經營的小店鋪。鄰近高中的小混混都會聚在這鬼混，換句話說我根本來錯地方。

「……真是的，你也太強了吧。真的好噁……雖然不爽，但還是算了。」

中村懊惱地搔著頭從座位上起身，跟水澤一起走向我。對戰後覺得中村雖然不如我，但他似乎也針對這個格鬥遊戲「鬥犬4」下了不少苦心練習。

可能是因為這樣吧，今天對我玩遊戲很強一事並沒有窮追猛打。沒有斷言說我噁心，這是很大的進步。光是對方不覺得噁心就「有很大進步」、以此為前提，那種悲哀的感覺暫時先不去管它。

中村快步走向這邊，他隨意地朝我身旁一屁股坐下。老舊遊樂中心的破爛椅子發出咯嘰聲。接著他大剌剌地張著八字腿，把我的空間占掉。噢噢，面對這種理所當然的蠻橫行為，我不禁把腿闔上。對這股壓力感到害怕之餘，我故作鎮定地開口。

「因為我還是有做相應的練習……」

「喔是嗎？」

中村回話時對我連看都不看一眼。旁邊的水澤看似佩服地輕輕點頭，同時看著遊戲畫面。

「原來文也也很會玩 AttaFami 以外的遊戲……」

「算、算是吧。畢竟這是有名的遊戲。」

剛才大致看過一遍，發現這裡都進一些名作遊戲。因為店面小沒什麼空間擺放，所以才偏好經典作品吧。如果都是這類作品，八成不管打哪個都不會輸吧。本人可是都有私底下埋頭苦練呢。呵、呵、呵。

「嘖，來這的人都打不過我，是你練得太勤，要多去戶外活動才對。」

最後中村終於用充滿壓迫感的語氣說出這種話。還是一樣可怕。

可是像這種時候我也努力完成「觀察」習題，像那句「要多去戶外活動」其實也跟今天紺野繪里香的「妳很擅長準備吧」構造類似。

紺野繪里香利用「土氣是種罪」的氛圍給對方貼標籤，說她「擅長準備」，把對方踩在腳底下。

同理，中村也用「要多去戶外活動」這句話讓我顯得土氣，跟紺野一樣，試圖利用氣氛替我貼標籤。不過中村承認我很會玩遊戲，跟紺野繪里香相比較沒殺傷力，但構造上是一樣的。這八成是現充的標準做法吧。

「不、不用啦。比起去戶外運動，我更喜歡玩遊戲。」

目前正在日南協力下朝當現充這個目標邁進，做出這種宅發言沒問題嗎？但那是我的真心話，沒辦法。我就是要照這個調調前進。不捨棄我喜歡的電玩遊戲，要以玩家身分攻略這段「人生」，開開心心地玩下去。

「哦──那文米，接下來玩這個。」

「知、知道了。」

「文也也滿辛苦的呢。」

「小臂加油──」

就是這麼一回事，我的遊戲派宣言被人三兩下略過，之後我就變成中村的練習對象，被他擺弄好一陣子。

＊　＊　＊

打到一半，我們去附近的連鎖家庭式餐廳「Gusto」吃午餐休息一下，並在遊樂中心對打一遍又一遍，眼下時間已經來到下午六點。換句話說我們大概打了五小時。太扯了吧。

「修二，你還想打多久啊？」

這話水澤是苦笑著說的。

「吶吶修二～差不多該回去了吧？」

竹井也用有點困擾的語氣詢問中村。

「啊──……那你們先回去好了。我還要在這裡待一下。」

「那個──我也想回家……」

中村好像擅自認定「友崎還會繼續陪我練習」，所以我也表明自己的意願。繼續待下去很難對父母親交代。

「哦，是嗎？那你就走吧。」

「喔、喔喔。」

出乎意料，他二話不說放人。我還以為他會說「你給我留下」。好吧，這樣也好。

看到中村那個樣子，水澤看似心裡有數地嘆了一口氣，嘴裡說了句「那我們走吧」，帶著我跟竹井朝遊樂中心的出口走去。我跟著他們走，臨行之際偷偷朝後方張望。

在遊戲機前方，被畫面亮光照亮的中村面無表情地盤手。待在散發日本昭和時代氛圍的陰暗遊樂中心裡，在機體亮光的映照下，中村的頑固表情散發淡淡哀愁。

我們三人離開遊樂中心朝車站去。中午明明那麼熱，到這個時間卻暑氣盡消，暖度適中又舒服的風撫過全身。

在路上走著走著，水澤再次「唉……」了一聲，微微地嘆了一口氣。

「修二……八成又是為了『那件事』。」

這話讓竹井突然回過頭，頗感認同地指著水澤的臉。

「果然是為了那件事!?他們吵架了吧？」

這串對話似乎別有用意。

「只能等時間淡化了，畢竟佳子很難纏。」

「這種情況還要稍微持續一陣子是嗎？」

聽著他們兩人的對話，我決定針對剛才那個陌生的單字提問。

「請問——你們說的佳子是……？」

我們班上有名叫佳子的女生嗎？就算有這號人物好了，他們怎麼會講到這個女孩子？

「這個嘛——他家裡的情況有點複雜。母親似乎有點保護過度，是重視教育的媽媽。一旦成績下滑或是玩得太瘋、回家的時間太晚，他就會被罵個狗血淋頭。因為佳子真的很強勢。」

「原、原來是這樣啊。」

佳子原來是他的母親啊。竟然直呼別人家長的名字，這種現充行徑真是夠了。

不過這麼說來，在我家開紅娘作戰會議的時候，印象中曾經聽他們說中村的媽媽很可怕。

「所以那傢伙八成正在跟母親吵架。」

水澤邊說邊開智慧手機確認電車時刻表。

「原來是吵架……可是像現在這樣晚回家不是會把事情搞得更糟嗎？」

被我這麼一問，水澤又露出無害的笑容。

「你也有這種感覺啊？這就是修二彆扭的地方。」

接著竹井也像在呼應他似的，嘴裡發出「嘎哈哈」的爽快笑聲。感覺好像會拿古代的酒器喝酒。

「呃——你說他很彆扭是什麼意思？」

「意思就是──」，水澤帶著輕笑接話。「事情變成這樣，修二死都不會回去。就是要硬撐。」

這句話讓我苦笑。

「換句話說……因為跟人吵架所以不想見到對方，或是想讓對方困擾，是這個意思嗎？」

「就是這樣。」

水澤帥氣地指著我，用輕快的語氣說道。這讓我下意識嘆了一口氣。

因為這件事說穿了就是「那樣吧」。講白一點就是……

「這是哪來的幼稚小鬼頭啊……」

「哈哈哈！說的真貼切。」水澤發出宏亮的笑聲。「就好比跑去住親朋好友的家，或是很晚才回家，故意不跟父母親見面。」

「真、真的好幼稚……」

不過話說回來這挺像中村會做的事……半是傻眼的我用手指按住額頭。似乎跟我看法一致，竹井大張著嘴哈哈大笑。

「真的是這樣欸～！修二根本是徹頭徹尾的小屁孩啊～！」

我立刻朝說這種話的竹井回嘴。

「不對吧，竹井你有資格說這種話？」

「喂！你好過分！」

我自然而然語帶調侃，能把腦子裡想的原封不動說出來。當我一再練習，慢慢就說得既自然又流暢。這就是再三練習的成果吧。感覺就好像對空昇龍拳（註1）能練到反射性出招一樣。

「小臂今天對我好像很冷淡!?」

「哈哈哈，但你的確沒資格說那種話就是了。」

「連孝弘都這麼說!?」

就這樣，放學回家的路上我們熱熱鬧鬧地聊天，這種感覺真的還不賴。

＊　＊　＊

大家解散後，我回到家裡。「你晚回來還真稀奇。」把媽媽的這句話當耳邊風，我吃完晚餐就去洗澡。

泡在浴缸裡，我開始回想一些事情。

該怎麼說，今天放學後我跟那些現充一起去遊樂中心。跟人嘴砲來嘴砲去，就這樣混到晚上，以上就是今天的行程。

雖說我沒忘記要觀察，也沒有硬是配合課題行動，但不知為何我自然而然過上

註1　格鬥遊戲招式。

有點熱鬧的校園生活，那種感覺好奇妙。
這些變化太過劇烈，回首看幾個月前的我根本想像不到，看似連過去的原型都不復見，在如此巨大的變化背後是一個個微小必然日積月累，這點我比任何人都更有感觸。
也就是說這並非一夕蛻變，沒耍賤招也沒抄近路。
只要每天一點一滴向前進，未來某日一回頭將會發現起跑點已經落在遙遠的彼方，就只是這樣罷了。
不過。依此類推。
我想起某個人，她早就跑到更遠的地方。
那傢伙——日南葵究竟是從什麼時候開始啟程，腳踏實地走了多遠的路？
現在那傢伙所在的位置太過遙遠，讓人難以想像。
那個日南葵肯定也曾經待過我待的「這個位置」。
但那已經是過去的事了，就算看地面也找不到腳印。
然而那傢伙卻從「這裡」去到那麼遙遠的地方，沒開傳送也沒有用魔法，只是像我這樣老老實實累積一個又一個「必然」，一步一腳印地前進。
可是在兩者之間。

我覺得自己跟日南有一個很大的差異。

那就是——像這樣一步一腳印前進的過程、腳底踩到的地面觸感、走向前方看到那些景色帶來的新奇感，在在都讓我覺得樂在其中，感到璀璨耀眼。

因此會有動力繼續前進。

反之那傢伙——日南葵她——

她的目的似乎就只有向前進，並沒有對每個腳步樂在其中，也沒有觀賞新奇的景色，更沒有回頭看起跑點。

光顧著看遙遠的前方，漠不關心地前進。

我是這麼看的。

既然這樣——

那傢伙為什麼要走這麼遠？

我一直在想這件事。

2 蒐集情報不無聊的遊戲就是名作

「嗯，這是不錯的走向。」

隔天我來到第二服裝室。

向日南報告，說昨天放學後沒費多少心力就成功調侃竹井。

「不錯的走向？」

被我這麼一問，日南用涼涼的表情說了句「沒錯」，給了肯定答覆。而且她來這之前每次都有參加田徑隊的晨練吧。她看起來一點也不累，身上也沒汗臭味，甚至還飄著好聞的味道。這傢伙到底是什麼來頭。

「你下意識調侃他、吐槽他、跟他聊天對吧？」

「對。」

「好吧，我想你也知道，這就證明透過反覆練習，沒刻意去做就做不到的事已經能在無意識間辦到。這種狀態就等同『學會技能』。」

我邊咀嚼那句話邊點頭。

「……這樣啊。是有那種感覺沒錯。」

我本身也有這層體認。感覺就好像實際作戰也能很自然地使出技能。

「那你觀察得怎樣？有什麼發現嗎？」

「哦，這個嘛……」

接下來我提到決定球技大賽的隊長時，「氣氛」操盤有多麼凶惡。還有氣氛讓「土氣」被視為一種罪，紺野繪里香替人貼上「擅長準備」這個標籤來區分階級，以及中村說「多去戶外活動」這句話也蘊含類似構造。

「──所以我在想，這可能是現充的慣用手法。」

當我的話說到這邊，神奇的是日南一臉欣喜地看著我的眼睛。

「嗯，不愧是 nanashi。」

「咦？」

只見日南臉上帶著滿意的笑容，一面「嗯嗯」地點頭。

「就算是『氣氛』這種抽象的東西，只要告知定義就能在某種程度上分析吧？一旦教過既定法則，就算有『非現充』這個不利條件，你還是能憑自身力量導出潛藏在背後的構造……嗯。Nanashi 果然有兩下子。」

「是、是喔……？」

不知道為什麼，她先是說一大串話，接著又誇我。「有非現充這個不利條件」──這句話讓我有點不是滋味，但這也是事實，就別挑毛病了吧。吐槽下去可能只會遭反噬。

「聽好了，這種感覺可是某種人的特權，他們不會受既存的規則左右，可以從外側仔細觀察規律。」

「從外側？」

「嗯，說起來一言難盡，但你本質上也算……」

——也算是「這邊」的人，日南口裡唸唸有詞地小聲說著。我還來不及做出反應，她又說了句「接下來——」，繼續轉向下一個話題。喔喔好隨興。

「你的分析大致正確。在一個空間裡醞釀士氣和文靜是種罪的『氛圍』，並在那大動作張揚，藉此確立自己的地位。透過對他人貼『士氣』、『文靜』的標籤來貶低其地位，建立主從關係。不管在哪個團體裡八成都有這種現象，這是傳統的『氛圍』風俗。」

日南把它說得很邪惡，可是語氣絲毫沒有抑揚頓挫，就像在論述什麼，道出平常教室裡會有的現象。

「我並沒有分析到那麼透徹就是了，就是因為討厭那樣的『氛圍』才會變成獨行俠，在這方面的經驗頂多就是這樣吧……不過，今後想試著跟它抗衡。」

士氣高昂的我如此說道。想要在「人生」中一路過關斬將並樂在其中，我必須跟這個叫「氛圍」的鐵律面對面，如今我是這麼想的。到時再來判斷這個「規矩」是否值得我遵從。若是沒辦法破壞這個規矩，或是沒辦法無視它，眼下就只能在這個規矩下戰鬥。但最起碼它不能是糞作遊戲。

「說得對。不選擇逃避，而是正面迎擊那些規矩。這才是『玩家』應有的樣子。」

我認同日南所說的。

「嗯，就是這樣。眼前有既定的規矩，我要自主操控搖桿將它突破。這才是身為『玩家』該有的做法。」

此時日南開心地點點頭。

「……對，你說得沒錯。」

在這種地方一下子就能獲得共識，同為玩家才會這麼好講話。

我換個話題詢問，這讓日南用詫異的目光看我。

「……那麼，今天的課題是什麼？」

「……怎麼了？你今後打算主動詢問課題？」

「咦？」

她這句話讓我發現一件事。這麼說來，昨天我也是主動詢問呢。

「哦不是，我不是那個意思……單純只是比較有動力吧？」

的確，一開始似乎很少像這樣主動詢問課題。

之前那些並非完全出於強迫，我自己也有某種程度的意願，但總覺得在某方面來說就是有點消極，還是需要別人在後面鞭策。一開始好像常常被人掐著屁股。是物理上的。

可是現在覺得自己開始能看得透徹，確實感受到處理每日課題的動力越來越強。

我在自己的心裡探詢其中緣由，一下子就找到答案。

「這個嘛，大概是前陣子……跟妳起過衝突的關係。」

「哦……那你有幹勁了嗎？」

日南一臉不敢苟同的樣子。

「也不是，該怎麼說……大概是找到努力的意義了吧。就類似已經找到最大目標的感覺。真心投入喜歡的遊戲，確實樂在其中。」

「……就是所謂『真正想做的事』吧？」

日南狐疑地皺著眉頭接話。

「對。我個人最終能夠接受，所以採取行動就不再有絲毫迷惘。」

這話一出，日南便用莫名筆直又不帶感情的目光看著我。

「我不是很懂。」

她小聲說道。

「……是喔？」

與其說這時日南「不能認同」我說的話，倒不如說她更像是「有聽沒有懂」，因此我有點困惑。我沒辦法更鉅細靡遺說明，這時日南恢復以往的步調，嘴裡說了句「算了不要緊」。

「今天的……應該這麼說，今後這項課題將會伴隨你一陣子，就是針對你剛才說過的『氣氛』做特訓。」

「嗯？哦——呃——要針對氣氛做特訓。」

除了努力消化日南的話，我順便思考課題的事。

話說原來是這樣啊，下一個課題是針對「氣氛」。也是，為了今後做打算，我認為這有非常重要的意義。

「想要變成現充，你在團體裡必須比其他人『說話更有分量』，或是有更大的『權利』，這點你已經憑直覺感受到了吧？」

「那個啊，大致明白。之前去買禮物送中村時，那次的課題也提過這類內容吧。」

日南頷首並說了句「對」。

「當時曾經說過，裡頭還有另一個重點，就是『責任』問題。照理說自身權利只涵蓋自己可以負責的範圍。這是操控一個集團的大原則。而要擴大負責範圍不可或缺的就是提升能力水平，要做的就只有這個。所以那不是一朝一夕就能辦到的。」

「嗯。」

也對，我懂她的意思。想要擁有讓其他人做事的權利，那就要能擔起相應的責任。但是這點非常困難。

「不過，也可以不透過手邊既有的權利，透過某種手段就能獲得可以在當下巧妙操縱集團的『說話分量』和『權利』。為此不可或缺的就是……」

「『操控氣氛』的能力。」

當我打斷日南的話做補充，日南用不悅的表情瞪著我看了一會兒，接著嘆了一口氣，嘴裡小聲說著「好吧，鬼正」。用悄悄話說鬼正是怎樣。

「簡單來講就是那樣。集團這種東西就是要靠『氣氛』操控。所以就算目前沒有操控團體的『權利』，只要擁有『操控氣氛的力量』，在那個團體裡依然會握有實權。若是能經常使用這招，權利就會越來越大——換句話說，將會越來越接近現充。」

「……原來如此。」

擁有能操控集團的權利，為了讓自己盡量變成這種人——也就是盡量貼近「魔王級」，培養這方面的能力果然很重要。就跟上次聽到的一樣。

「基於上述理由，從今天開始就要讓你接受提升『氣氛操縱力』的訓練。」

「ＯＫ——放馬過來。」

看我準備接招，日南將食指舉在臉旁開口。

「那就來講具體事項……不久後即將舉辦球技大賽對吧。」

「對，是有這回事。」

「從今天開始，你的課題就是針對這場球技大賽——」

稍微頓了一會兒，日南接了這麼一句。

「你要讓紺野繪里香那幫人拿出幹勁。」

聽到這個課題——字面上的意思我懂，但腦子裡就是無法浮現具體畫面，這讓我有點困惑。

「……那個。她們看起來確實是沒什麼幹勁，可是……」

「沒錯。為了讓她們拿出幹勁，具體而言應該做些什麼，你完全沒概念對吧？」

「啊、嗯。」

這句話直接點明我的疑問，我聽完點點頭。

「但是這樣正好。說穿了——這次課題的重點就是那個。」

「咦？」

這下她的話我又聽得一頭霧水。

「聽好了，之前出的課題不是『跟女孩子說話』就是『調侃中村』，具體而言要做什麼事情都很明確對吧？」

「是那樣沒錯。」

「那是因為當時的目的為『提升基礎能力』，所以我給的課題都是實行就能提升技能等級。」

「嗯。」

簡單來講，之前就算無腦實行也能自動達成「基礎能力提升」這個目的，那樣就夠了。

「可是這次想培養的『操縱氣氛能力』包含更多面向，這項技術需要彈性思考能力。所以想要提升這方面的能力就必須實踐一些訓練。」

「……那些訓練就是『讓紺野繪里香那群人對球技大賽提起幹勁』嗎？」

這時日南說聲「對」並點點頭。

「為了讓紺野繪里香集團拿出幹勁，你應該知道這之間必須經歷複雜的嘗試吧？所以那些嘗試都會變成具有實質意義的訓練。」

「……原來如此。」

我恍然大悟地頷首。不用再做無腦執行的課題，換成必須仔細思考的活用題。而這些都有助於提升「操縱氣氛的能力」。

「也就是說，去想該如何嘗試也是訓練的一環？」

當我問完，日南先是點點頭並說「沒錯」，接著再次煞有其事地開口。

「但是……你已經實踐這個課題不可或缺的其中一項要素囉？」

「咦？」

「哎呀，你不知道嗎？」

沒聽懂話中含意的我正感到困惑，這時日南開心地挑起眉毛並說「那就是——觀察」。

這次日南說完換上嗜虐的笑容。此時她話裡提及昨天的課題。

「……哦。原來是這樣啊。」

我邊苦笑邊說。昨天出的習題是「觀察團體」。那個變成這次的重點。換句話說她昨天就打算這次要出那個習題，所以才要我完成這個課題吧。不愧是重視效率的惡鬼。

「嗯，那麼從今天開始，你的目標就是『讓紺野繪里香集團拿出幹勁』，要用自己的方式多多觀察並進行分析。」

「還真是面面俱到……」

不過聽她這麼一說，事情真的滿單純的。若是用 AttaFami 來形容，那就是先前都在練習連續技或細部的操作技巧，而這些已經練得有模有樣了。因此接下來就要稍微透過比賽做些練習，靠這些提升根本實力。

「話雖這麼說，有的時候光靠觀察可能也解決不了，到時你就照自己的意思行事……這或許是至今為止最像遊戲的課題也說不定。」

「……像遊戲啊。」

在這之後日南說了聲「是啊」，不知為何露出意味深長的笑容。

「總之，這次時間上還很充分，我希望你能夠在某種程度上長期實踐這個課題。首先這兩個禮拜你就別插什麼嘴，看看情況就好。」

「原來如此……我懂了。」

總而言之關於課題我已經聽明白了，並試著去想為了完成這個課題該採取什麼樣的行動。但我卻怎麼想都想不到，非常苦惱。

「……這下課題的難度又提升了。」

看我露出困擾的表情，日南一臉愉悅。她的個性還真棒。

＊　＊　＊

離開第二服裝室，我來到還沒開始上課的教室裡。

來這後環顧四周一會兒，我發現有件事跟平常不一樣。人朝在教室後方靠窗處聊天的竹井和水澤靠近。

「中村還沒來呢。」

印象中平常這個時間他早就來了。水澤聽到我的話回過頭，嘴裡應了聲「是啊」。

「照這個樣子看來，大概請假了吧。」

「……是喔。」

好吧，有時也會發生這種事吧。雖然現在天氣熱，但畢竟是季節交替的時期。這種時候最容易感冒。

「他肯定是蹺課吧!?」

這時竹井用開朗的語氣補了這句。我則回問「咦，是這樣嗎？」。

「昨天不是說過嗎～佳子的事！大概是為了這件事蹺課吧——」

「是、是喔。」

我有點困惑地出聲應和。跟父母親吵架就蹺課不來上學是嗎？他果然很敢做，還是該說這傢伙很幼稚？

「總之——修二就是這樣，等他想來上學就會來吧——」

「這、這樣啊。」

聽他們兩人說得這麼輕鬆，想必中村幹這種事也沒多稀罕。總覺得——他真的很我行我素呢。話說我對於中村三不五時沒來學校上課這檔事一點概念都沒有，也就是說至今為止我對班上的情況不曉得有多麼視而不見。明明對班上情況多點關心就能察覺。

這個時候班上的某個現充朝這靠近。那個男生身材高大，留了一頭黑色短髮，言行舉止都走運動風。唔喔，這種情況很反常。我想想——他的名字好像叫橘。不曉得他實際上參加的是哪個社團，感覺很像籃球隊的。

「修二請假？」

面對他的詢問，水澤用揶揄的表情回話。

「對。八成是跟父母吵架的關係。」

「啊——又來了？」

橘哈哈大笑。大家好像都知道佳子的事。

話說感覺好那個。現場就只有一個人悶不吭聲，超像在做精神試煉。話雖如此，我現在開始習慣跟中村、水澤和竹井混在一起，對我而言也可以說是另一個賺取新世界經驗值的好機會。

好。那我要稍微積極一點，來去加入這場對話吧。首先要由我製造話題。

有鑒於此，雖然心裡有點不安，但我搭話時還是刻意裝出輕快的語氣。

「那個──這種事經常發生嗎？就是中村跟他父母吵架的事。」

這一講讓橘看向這邊並點點頭。

「算是吧──友山同學不知道喔？」

「不、不是啦，我不是友山，是友崎才對……」

「咦？原來是這樣啊，抱歉抱歉！」

就這樣，出招打第一下馬上吃癟，水澤跟竹井看了捧腹大笑。

有現充橘參戰的閒談讓我再次大揮空數次，就這樣撐了幾分鐘，上課鈴聲在那時響起。莫名虛脫的我坐到位子上，真想給自己一些獎勵。好，等我回家要狂打AttaFami。

今天還只是第二學期的第二天，每堂課都在講解暑假作業有出到的題庫，或是舉辦學期初的小考等等，課程還滿好混的。中間隔了週末假日，下星期一開始才會正式上課。

課繼續上下去，當第三節課即將結束──我則為那個課題感到苦惱。

從今天開始要處理這個課題。那就是「讓紺野繪里香那群人對球技大賽提起幹勁。」

為了實現這點，究竟該採取什麼樣的行動。不管上課時間還是休息時間，我都一直在想這件事情，卻想不出答案。根據日南所說，「觀察」似乎是重點所在，但我卻不清楚具體而言該觀察什麼，又該如何觀察。

不過，照理說那個日南葵不會出「不可能完成的課題」。

那麼，我缺少的恐怕不是「技能」吧。

這麼說來，缺少的就是——情報？

想到這邊，我腦中突然浮現一件事。日南說「這個課題恐怕是至今為止最像遊戲的」。

……我懂了，原來是這麼一回事。既然情報不夠周全，那玩家該做的事就只有一個。

簡單說，這個課題就是「ＲＰＧ角色扮演遊戲」！

既然知道這點，當第三節課結束的鐘聲響起，我朝隔壁張望。

「……泉。」

「嗯？怎麼了？」

我先是頓了一下，接著再次開口。

「想跟妳——問一下紺野繪里香的事。」

對。玩ＲＰＧ碰到須解題或接任務卡關不會破的時候，這種時候該做的事總是只有一樣。就是「去鎮上蒐集情報」。換句話說紺野繪里香是我該討伐的迷宮魔王，我要去附近的城鎮打探弱點和打倒她的方法。既然這樣就要先問魔王身邊的跟班。

哦哦，像在玩遊戲的感覺一口氣飆升。似乎可以玩得很開心。

「嗯？要問繪里香的事？」

泉用像在推量的表情看著我。也對，跟紺野繪里香沒什麼交集的我突然說出這種話，怪不得她會納悶。「人生」果然比其他的遊戲還要困難一些。如果是RPG裡的村民反倒會擅自說「對了，雨天就沒聽說有人被砂龍襲擊呢……」，而且一聽就知道弱點是水。

「其實也沒什麼……就覺得紺野果然對球技大賽沒什麼興趣吧。」

泉說話的語氣雖然很困擾，就像在問「沒頭沒腦在說什麼？」但依然對我展露看似開心的笑容。為了問出情報要選擇問題。現實中果然不會跑出選項。

「嗯──繪里香對那個一點幹勁都沒有，甚至覺得為那種事情加油很遜。」

「哈哈……我想也是。」

我帶著苦笑附和。好吧，到這邊還在我知道的範圍裡。

「那妳覺得要怎麼做才能讓她拿出幹勁？」

「嗯──該怎麼做呢？」泉說著稍微想了一會兒。「……好難喔。」

「果然沒那麼簡單啊……」

我「唉──」地嘆了一口氣。也是啦，這裡的村民大多都被那個魔王虐，怪不得沒什麼機會得知她的弱點。就連身邊的跟班都不曉得，這下難辦了。

但紺野繪里香這個魔王，又不是我這種等級的小角色發動通常攻擊就能打倒的。若是沒找到某種弱點絕對打不贏。

「……對了你是怎麼了？怎麼突然問這個？」

「哦——這個嘛——」

也難怪她會問這個。不過，我這次好歹有準備像樣的藉口。

「……就那個嘛，平林同學不是變成隊長了？」

「嗯？對啊。」

泉錯愕地歪過頭。像這種不經意的小動作也會自然而然流露可愛氣息，那就是所謂的現充力吧。就好像普攻附加屬性一樣，而且還是光屬性，對我非常管用。

「她看起來原本就不是很擅長做這種事，加上紺野繪里香對大賽興趣缺缺，要帶領這個班級就辛苦了……尤其帶女生更辛苦。」

除此之外，她還是朋友少得可憐的獨行俠，那種情況會特別嚴重吧。我懂。

「啊——……說得對。」泉帶著深有所感的表情點頭。「的確，繪里香不熱中會難以帶領。」

八成已經聯想到那種狀況了吧，她露出苦澀的表情。那神情讓人有非常不祥的預感。

「就、就是啊……」

泉的反應讓我猜到一件事，也許女孩子的世界比我所想的更加艱辛也說不定，我邊想邊接話。

「所以說我在想是不是能幫幫她，讓她度過這個難關……而且都要參賽了，我想用平常心開開心心參加球技大賽。」

如此這般，我將事先想好的藉口解釋完畢。

不過，剛才那番話並非全是假話，希望像那樣變成「氛圍」暴力受害者的平林同學能多少變得輕鬆些，這份心意並不假，最近校園生活慢慢變得越來越開心，我真心希望自己能盡量在「球技大賽」這個活動中找到樂趣。雖然我不擅長運動，但還是想盡可能從中找到樂趣。

在等泉回應的我與她四目相交，那雙圓眼深處開始像孩童般閃著光芒。嗯？

「我懂！」

「咦？」

有人興奮地表示贊同，讓我一頭霧水。發生什麼事了。

泉的情緒還是一樣高昂，只有稍微降低音量以免讓周遭的人聽見，開始用幹勁十足的表情訴說。

「我也一樣，喜歡盡全力享受球技大賽或文化祭，否則以後可能會後悔……不過，就算之後不會後悔好了，當下還是該開心投入嘛？一定要這樣才行。」

「喔、喔喔，說得對。」

一方面被比我更加熱血的言論吞噬，我不忘表示認同。

「所以說，這種時候班上就該團結不是嗎？特別是我又跟繪里香很要好。而且……平林同學的處境那麼嚴苛，那我們就更該有向心力才對。」

「……沒錯。」

對這點視而不見，要我們輕鬆愉快享受這場比賽——這種事哪做得出來？

「所以就會覺得，是不是能想辦法提起繪里香的興致。」

「啊——……是這樣啊。」

其實很想開開心心參加比賽，但是女王散發「有幹勁的傢伙好遜」這種氛圍，這才讓人難以實踐。雖說泉跟日南那群人也交情不錯，但她主要還是屬於紺野集團這邊，另外加上平林同學這個氛圍受害者，嗯，群體這種東西果然很複雜。

「可是繪里香一點幹勁都沒有，那我大概也沒辦法自己有幹勁就在那一頭熱，正覺得無計可施……」

這些話讓我好吃驚。

「跟其他人一起也不行嗎？若是和日南一起聯手或許可行……」

當我說完，泉便用苦不堪言的表情猛搖頭。

「不行不行，行不通的！特別是我，要是加入其他人的小圈圈，繪里香肯定會很生氣……女孩子的世界可是很恐怖喔。」

泉縮著身子微微聳肩。

「原、原來如此。」

雖然我沒辦法完完全全體會她的感受，還是設法體察並點點頭。

「所以我以為完全沒辦法了……友崎你好厲害！」
「好、好厲害？」
她突然誇我。我不知道自己是哪點值得她誇獎。我剛剛有做什麼很厲害的事嗎？
「你想想看，如果是瞞著繪里香偷偷進行，或是穿幫也能找藉口掩飾，這樣還能理解。可是要讓繪里香提起幹勁，這點子一般人很難想到吧！」
「喔……喔喔。」
聽她這麼說我才會意過來。照她的話聽來，確實是那樣沒錯。一般而言不會像那樣「正面突破」。對於不習慣這麼做的人來說，想必很新鮮。我也這麼認為。說穿了這是師父日南同學傳授給我的，也是她出的習題，真正被誇到的人並不是我。我一點都不厲害。
「可是做起來果然很困難呢——該怎麼做才能讓繪里香拿出幹勁？」
泉邊說邊「唔唔」地思考起來。眉頭皺了數秒，眼神開始失焦。我看她八成想到腦袋冒煙了。
「那、那個……紺野平常會在哪方面特別積極嗎？若能找出那件事或許能當作參考。」
當我出面推泉一把，泉便眼睛一亮地說「原來如此！」開始爽快地解說。
「這個嘛，她在服裝上面特別願意下工夫。我對相關的店鋪還滿了解的，繪里香常會叫我陪她買東西，一直在我面前試穿、問我的感想。」

「哦……」

真讓人意外。原來紺野繪里香也有這一面。大概是想對外昭告，讓大家知道她選的衣服都很好看。這隻叫紺野繪里香的惡龍一直罩著一層神祕面紗，她的戰鬥資料開始一點一滴地揭露。

「還有她對化妝很講究。會試各種牌子的化妝品，狂學各式各樣的化妝技巧……偷偷跟你說一件事，我個人都喜歡用超平化妝品，要是被繪里香發現肯定會被嘲笑到不行，所以我實在說不出口……」

「超、超平……？」

聽我回問讓人感到陌生的單字，泉「咦？」了一下，頓時出現不解的反應。

「……啊我知道了。那個是很便宜的意思！」

很便宜、超平……哦，是超級平價的意思啊。原來如此我又體驗到新事物了。不對。我對於現充文化一點都不了解，常常在支線話題上卡關，導致談話無法順暢進行。弱角的短處在作祟。

「抱歉，妳繼續……」

「啊、嗯。那接下來……唔──嗯，大概就這樣了吧？感覺她在美容方面特別認真！」

泉輕輕地點了好幾次頭。

「嗯——原來是這樣，美容是吧……跟球技大賽好像沒什麼共通點……」

「啊——……說得也是。」

泉邊說邊苦笑。

「不過，要說根據這點能想到什麼……」

我開始把得到的情報放在遊戲規則下思考。唔——嗯，可是還真的很難想呢。

煩惱一陣子後，泉一臉認真地開口。

「那就……在大賽中獲得冠軍可以拿到香奈兒的口紅，要不要用這種方式？」

「這、這種做法還滿大膽的……」

豪爽到不行的超直接行銷手法出爐。嗯，現充的點子果然很天馬行空……該說發想人是泉的關係？

＊　＊　＊

隔天是星期六。

今天不用上學，但是要打工。結束培訓後，這是我第一次正式上場。

待在自家的洗臉臺前方，我抓起頭髮，後來都有定期去日南介紹的美容院剪過，並按照水澤教的手法做造型，穿上日南教我買來湊套的便服，在做打工的準備。嗯，光看外表似乎能勉強蒙混過關。

我在鏡子前對自身行頭做最後的確認，這時背後突然竄出一聲「欸」，那聲音讓我的鼓膜震啊震。

「唔喔!?」我不由得回過頭。「……咦，搞什麼，原來是妳啊。」

「啊？這算什麼。雖然你沒說錯。」

是妹妹，她不悅地噘起嘴脣。

「什麼事啦？」

我問她想做什麼，這時妹妹把我從頭到腳目不轉睛地打量一遍。

「總覺得你打扮得莫名用心。怎麼了？要去約會？」

那種事跟妳沒關係吧，我是很想這麼說，但實際上並不是要去約會，所以這次就直接否認吧。還有她說我精心打扮，真讓人開心。

「不，我要去打工。」

「啊!?」這下妹妹張大嘴哇哇大叫。「你開始打工了!?」

「是、是啊。」

太扯了、要世界末日了，就像在說這個，妹妹露出驚愕的表情。

「……那個哥哥居然要打工？」

「我說，是哪個哥哥啊。我好歹也是會打工的——」

說這話的同時，老實說我覺得自己剛才有點像在逞強。應日南要求才開始打工，並不是隨隨便便就跑去打工了。不僅如此，我現在依然緊張得要命，但我刻意不讓它顯露在臉上。這就是哥哥的骨氣在作祟。

「哦～～～～～」

妹妹賞我好大的白眼。什麼意思，這傢伙在搞什麼。

「打工地點是大宮的卡拉ＯＫ。如果妳過來玩，要我給妳打對折也行。」

我挑著眉跟她放話。啊啊怎麼辦？面對妹妹就會莫名其妙逞強。當人家哥哥的都會這樣嗎？

「我又不會去。」

對方無情回絕。我果然被妹妹看扁了？

「哦，這樣啊……」

在我無力地回應後，妹妹改變語調說了句「話說——」，後面跟著跑出這段話。

「你跟之前那個女孩子怎麼樣了？」

「之、之、之、之、之前那個女孩？」

弱角特產之「結結巴巴」大爆發，同時我一面裝傻。

「就是傳 LINE 給你，問你要不要一起去買書的那個。」

「妳居然擅自偷看內容……」

「總比就那樣一直窩在房間裡窩到來不及回覆好吧？」

「唔……」

我三兩下就被她堵到無話可說。好吧，正因為這傢伙擅自偷看菊池同學傳的

LINE，她才會跑過來激勵我吧，確實被她救到沒錯。跟日南吵架把自己關在房間裡的那段期間，要是沒有這傢伙在那囉嗦，我就會錯過跟菊池同學見面的機會吧。哥哥還太弱。

「你們之後有去哪裡玩嗎？願意邀哥哥的女孩子非常稀有，你要好好珍惜喔？」

「吵、吵死了，多管閒事。」

我逞強說了這些話——心裡卻想「她說得沒錯」。

見識到水澤的假面具，又跟日南起爭執。

所以我不想說假話告白，下定決心真心誠意與人交往，結果打從一起去書店後，我都還無法跟菊池同學好好地說話。總覺得，由我出面邀請她好像不夠誠實。

不過，我不想按照習題說的去跟她告白，這單純只是「還不曉得自己喜不喜歡她」，對我來說菊池同學非常重要，我想這點還是沒變。不僅如此，她還是我的恩人，教會我難能可貴的道理。

既然如此，想想也對。

為了傳達心底最真的感情，我們會使用調整語調和表情的技能。

同理，若是特別看中某個人，我們就要將它率真地表現出來，不想失去就會精心設計每一次行動，這些肯定都是必要的吧。

就這樣，我又被妹妹激勵到，重新體認這個理所當然的道理。

「真的是我在多管閒事？」

嘴裡說得嘲諷，但妹妹用認真的表情看進我眼眸深處，面對她壞心眼的質問——

「不……謝謝妳，我家的妹妹大人。」

「呵，很好。」

我半開玩笑用誇張的表達方式道謝，在心裡則是用比較收斂的方式感謝她。總之，謝謝妳啦。

＊　＊　＊

「早安——！」

時間是正午前。不管幾點都要用「早安」來打招呼，我依樣畫葫蘆照這種莫名其妙的風俗習慣乖乖打招呼，來到打工地點卡拉ＯＫ SEVENTH。

「你來啦，友崎。從今天開始就不用培訓了嘛。那就靠你囉？」

「是！」

培訓期間跟店長見過幾次面，邊承受他給的壓力，我接下鑰匙前往更衣室。接著快速換裝，然後回到櫃檯那邊。

「那現在來劃靜脈吧。有教過你做法？」

劃靜脈，乍聽之下好像很危險，但其實就是在記有手指靜脈資料的電子時數卡上登錄，代表你要開始上班了。來打工就會突然用些字眼像是「外站」、「上了」、「調飲」、「沒客」等等，乍聽之下還以為是一般名詞，結果卻是專門用語，大家都會面不改色說這些字，讓人一頭霧水。對了，這些字的意思好像分別是「打掃房間」、「提供食物或飲料」、「調製飲料的人」、「沒有半個客人」。獲得這些知識其實也沒什麼用。

「啊，是的！有教過！」

「這樣啊？那你劃完再過來這邊。今天稍微教你學一下站檯。」

「好的！」

就這樣，我盡量提起精神工作，努力去學工作上的事。

幾個小時過去。

「大家早安～」

有人過來了。她懶洋洋地打著招呼，是來打工的成田學妹。成田鶇。我來這邊面試的時候遇到這個女孩，她比我小一歲。人異常地慵懶，這點令我印象深刻。

「啊，友崎學長。好久不見——」

過著像我這樣的弱角人生，光是許久不見的人能記得我的名字就讓人滿心感激了，但是那樣會讓人覺得噁心，所以我不能表現出來。於是我就故作鎮靜。

「成田學妹早安——」

我假裝自己是很能獨當一面的學長，學水澤的舉動和語調做出回應。順便說件事，水澤好像會用輕鬆的語氣叫她「鶇兒」，但那招我實在學不來。

「啊，在這邊幾乎沒人會叫我成田學妹，你叫我鶇兒就好～」

這時間點來得就像她已看穿我的心思，一場試煉到來。這女孩滿那個的。前陣子她主動說不需要對她那麼客套，都不給弱角做點心理準備的機會呢。拜託妳別欺負弱角。

但我好歹是個男人，而且我是個玩家，靠自己的意志下定決心，要好好攻略這場「人生」。那在這種情況下，明知路途艱險也要前進。如果是之前的我大概不敢叫「鶇兒」，會改叫她「小鶇」，即便如此還是沒有再叫她學妹，算是有所成長吧，而我還會用這些說服自己，但現在我要更進一步……！

「那──我知道了。請多指教，鶇兒。」

我說話時刻意走這種爽朗路線。怎麼樣？感覺就像比較遜的水澤對吧。

「好的──那麼請多多指教～」

成田不會知道我的心有多麼糾結、做了多大的覺悟，成田學妹她──更正，鶇兒語氣輕浮地回禮，接受我喊她鶇兒。嗯，現充在這方面的包容力果然很大。還有我剛才挺賣力的，平常就要一直直呼她的名字似乎還是不容易。試著叫過才覺得突兀感比預料中還大。我還是叫她小鶇好了。

＊　＊　＊

幾小時後。

「飲料調好囉~麻煩友崎學長了~」

「好——」

一開始並沒有發現不對勁的地方。

「啊，十四號包廂要延長時間，麻煩你了~」

「ＯＫ——」

慢慢的，我開始發現一件事。

「啊，客人來了~友崎學長已經學過要怎麼站櫃檯了嗎？」

「啊、嗯，今天學的。」

「那就拜託友崎學長了~有不懂的地方再去問店長~」

「知道了——」

我發現這個小我一歲、名叫小鶇的女孩……

「啊，你有去檢查廁所嗎？」

「不，我沒去。」

「那現在剛好沒什麼事要忙，就拜託友崎學長了~」

——我發現她根本就沒在工作。

「還有要洗的東西也積得差不多了，有空麻煩洗一下。」

「……我說。」

「是，有什麼事嗎～」

既然知道了，我就稍微思考一會兒，去想這種時候如果是水澤會怎麼調侃對方，準備趁她下次塞工作給我的時候講。

「妳要做事。」

說話的語氣稍微加入一點演技，我朝她放話。有、有說得到位嗎？

「……被發現了？」

「不，沒有穿幫。」

她老實自招讓我想笑，但我還是努力用嚴厲的語氣吐槽。很、很好，對方沒有出現奇怪的反應，看樣子沒有失敗。雖然聽起來沒什麼笑點，感覺不算成功就是了，要多練習幾遍。感覺這女孩跟竹井很像，稍微說得難聽點也沒關係，還挺好辦的。

「哎呀～能不工作就盡量不做嘛～」

小鶇厚顏無恥地說出這種話。

「……唉。」

我聽了不禁發出嘆息。這行不通。她那副德行不是弱角能駕馭的。

「咦？友崎學長你怎麼了。啊，該不會想上廁所吧？想上廁所就去沒關係～我也是這樣！還有偷偷跟你說一件事，店長不在的時候，廚房裡的飲料吧通常都——」

「我沒有要上，嗯。」

總覺得她滿腦子只想摸魚，真不知該拿她怎麼辦才好。

時間又過了一小時。

「呼……」

地點來到卡拉OK SEVENTH的某個包廂。

我將智慧型手機收進口袋，順便喘口氣。

剛結束培訓的打工好累人，現在已經是下午五點。店長說我可以休息，我就跑到包廂裡瞎晃三十分鐘。身體疲勞占兩成，心理上的疲憊占八成，一面休息讓這些損耗復原，我疲憊不堪地癱坐。休息時間有一小時。再過約三十分鐘就要去把剩下的工作做完。

話說回來打工還真累人。要做的事並不是那麼多，該說空閒時間還滿多的，可是要當店員接待陌生人，對弱角來說負擔還是太重。然而比起那些，被小鶫的言行舉止耍得團團轉反而消耗更多體力。

我喝著發下來的飲料稍事休息，這時門突然打開。

「啊，友崎學長你辛苦了～」

「嗯？喔喔。呃——辛苦了。」

被人殺個措手不及的我找回冷靜並做出回應，小鶇則理所當然地進入包廂，整個人懶洋洋地坐在我隔壁的沙發上，看起來好像溶掉一樣。

「怎、怎麼了？」

「啊，我現在要走了～覺得有點累，想說換衣服之前先坐一下。」

邊用軟趴趴的聲音說著，小鶇連頭都靠上去，全身懶洋洋地靠在沙發背跟後方牆壁上。身體彎成軟爛的形狀。原來人類可以脫力成這樣。

「哦……這樣啊。」

說到這女孩，今天光是打工的時候站著就讓她哀說「討厭～好累喔～」那景象我目擊過好幾次。體力比我這個足不出戶的竹竿人還差，真是天下奇觀。不對，問題應該出在意志力上。

「是說……妳已經要回去了？」

這時我才發現不對勁。小鶇可是比今天才來上工的我晚到呢。

「啊，是這樣沒錯～我基本上只能輪班三小時！是稀有角色喔～」

小鶇說話時稍為把身體坐直，手擺來擺去。

「這、這是什麼鬼……因為太累嗎？」

我不禁帶著苦笑回話。

「就是那樣！」

只見她咧嘴一笑並豎起大拇指。不懂她比讚的點在哪……既然都這樣想了，我就試著把話原封不動地說出來。盡量用揶揄的語氣。

「不對吧，這樣哪裡讚了。」

「咦~不覺得打工很累嗎？我想要盡量用輕鬆的方式賺錢嘛。」

「哎呀，話是這麼說沒錯……」

這次又不知道算成功還是失敗，但重點還是在於要有挑戰精神吧。

「對吧！盡量不要太賣命，這就是我的原則！請多指教！」

「喔、喔喔……嗯──」

我心想「請多指教是哪招」，那番話跟我現在努力嘗試的人生攻略背道而馳，讓我稍微想了一下。盡量不想拚命是嗎？

「咦？你有疑慮嗎？」

小鶇用又圓又帶點慵懶的眼睛興致盎然地看向這邊，等我把話說完。能敏銳察覺這種稍縱即逝的遲疑回應，這個女孩果然也是現充。

既然她都這麼問了，那我就把心裡的話直接說出來吧。

「呃──盡最大的能力努力前進才能把人生活得更快樂，我個人是這麼認為……」

我說這話顯得有點客氣又害羞，小鶇聽了一臉訝異。

「咦~原來友崎學長其實是那種類型的人啊。」

「那、那種類型是哪種。」

我用有點像在吐槽的語氣回應，這時小鶇「唔——嗯」地盤起雙手。

「不是都會有那種人嗎——像是在合唱比賽、文化祭或運動會上都會很認真參加，就是這樣的人。」

「……喔喔。」

她這樣講我就懂了。到去年為止，我都還不是這樣的人，但就目前看來，我確實是那種人沒錯。甚至還認真想該怎麼讓毫無幹勁的女學生拿出幹勁。

「也許吧……我可能是那種人。」

「還有——感覺你在這邊也想努力學習工作上的事～真厲害——」

「不，妳是怎麼看的……」

竟然說「真厲害——」。

「因為我基本上都不想為這種事情努力嘛。在人生中盡量不想花太多的心力，不想走太多的路、不想太累，想要好好休息。大概就是這樣！請多指教！」

小鶇用莫名歡快的節奏喊出類似口號的東西。總覺得這女孩說的話基本上處處都超欠人吐槽，讓我似乎又有反覆練習的機會。於是我再次語帶調侃地開口。

「小鶇妳這個人果然很沒用呢？」

「對啊就是那樣～」

「是、是喔。」

真的是——又看不出到底是成功還是失敗。這女孩似乎有吸收所有吐槽的特性。還是說我的調侃沒有很到位？反正很難就對了。跟單純的竹井不一樣。

「受不了～我讀的那間高中最近要舉辦文化祭，班上的人都好有幹勁，好煩喔～」

「哦……」

在應和的同時，我發現一件事。對班上活動毫無幹勁的女孩子……難道說，現在正發生最適合蒐集情報的事件？

於是我便在腦海中規劃這時該問的問題。

好，開始進行RPG情報蒐集PART2！

「那個──文化祭讓人完全提不起勁呢？」

為了引出我想知道的答案，我開始斟酌用詞。真希望有選項可選。

「就是啊～」

「可是……或許有某個契機能讓人稍微提起一點幹勁，應該有這種事吧？」

為了讓紺野繪里香提起幹勁、為了打倒特殊的大魔王，我到街上蒐集情報。照剛才的話聽來，小鶇的屬性跟魔王很類似。表面上紺野繪里香和小鶇截然不同，但是「基本上懶得努力」這種特性有相似之處，就好像去問蜥蜴人該怎麼打倒龍。

「咦，這是在做什麼？想要讓我拿出幹勁嗎？拜託你別這樣，我是不會努力的。」

不知道為什麼，小鶇邊說邊用雙手遮住胸部。這種好像被人性騷擾的反應是怎樣，我只是在問很稀鬆平常的問題吧。

「啊不是，我沒有那個意思……」

「那為什麼要問？」

對方用生氣的眼神瞪我。為什麼瞪。

「呃……」我猶豫了一下，最後還是決定老實招了。「也沒什麼特別的，最近我們學校要舉辦球技大賽，其中有個女同學意興闌珊。」

「……啊——原來是這樣。」

小鶇恍然大悟地放開胸前的手。這是怎樣。在這個女孩心裡，要她努力就等同性騷擾嗎？

「我在想該怎麼讓大家盡量拿出幹勁……才想問問妳。」

經我說明，小鶇用有點不能接受的目光看我。

「友崎學長是那種人吧。」

「咦？」

她的眉頭皺得死緊。

「不只自己努力，你還想讓不努力的人提起幹勁對吧。這樣很糟。在我看來根本是外星人。」

「不是吧，有那麼嚴重？」

沒想到會被人說成這樣，感到困惑之餘，我努力擠出一句吐槽。

「不不，就是這麼嚴重，友崎學長。那對我來說根本是不可能的任務。太奇怪了。不過沒關係。既然這樣，我可以當你的諮詢對象。感覺不會波及到我嘛。」

「真、真的嗎？」

「對。在友崎學長看來，我大概就像外星人，我可以告訴你這個星球的事。算是異文化之間的交流吧。」

小鶇說完就朝我眨眼。

「異、異文化交流……」

她用的字眼還真奇怪。原來這個RPG遊戲的舞臺是宇宙？

「沒錯，就是那種感覺。總之，要問偷懶這檔事找我就對了。」

小鶇邊說邊露出微笑，該怎麼說，「僅限偷懶這方面」給人莫名可靠的感覺。

＊　＊　＊

「啊——聽起來挺麻煩的。」

我針對紺野繪里香的性格、在班上的勢力範圍、變成隊長的平林同學等事約略做個說明，這時小鶇用手指摸摸額頭，一面搖搖腦袋。

「很棘手嗎？」

小鶇說了聲「是」，與我對上眼。

「這只是我的猜測，但那個——平林學姊？她恐怕被繪里香學姊盯上了。」

成

「啊——……」

我也在猜是不是這樣。要泉「當隊長」卻被拒絕，下一個目標就轉向平林同學，背後或許有什麼原因。但我不知道原因是什麼。

「既然這樣，若是由她當隊長，我想皇后就不可能熱中到哪去。」

「皇后……」

是說講起來一點都不突兀。

「不過唔——嗯，照這樣聽來，皇后她也是懶惰星的居民呢。」

「懶、懶惰星……那我是勤勞星的嗎……」

「啊哈哈，就是那樣。」

小鶇笑得非常輕浮，一面小幅度點頭。

「所以沒有太大的動機是不可能讓皇后努力的。」

「果然是這樣啊……」

這句話讓我陷入沉思。

「這個對手很難纏呢。」

小鶇笑得很開心。看別人吃苦頭，這女孩整個人精神都來了。

「妳說要有很大的動機，舉例來說是什麼？」

當我問完，小鶇先是稍微「嗯——」地猶豫一會兒，接著再次開口。

「我自己也是那樣，重點在於CP值、CP值。」

「性、CP值？」

這時小鵪點點頭。

「你看，就好比是我，明明想懶散度日卻像這樣跑來打工不是嗎？你知道原因是什麼？」

她問的問題讓人想不透。莫非她想要什麼東西？

「呃——是什麼？跟CP值有關係？」

「沒錯你答對了！真厲害！」

小鵪說完就稱讚我並拍拍手。喔、喔喔。

「嗯……重點是？」

「你想想，這裡的時薪不是挺高的嗎？那相對的就可以做少賺很多嘛。而且輪班的彈性也很大。」

「啊——原來是這樣。」

我只是照日南所說跑來應徵，沒辦法跟其他的打工作比較，但是機靈的水澤都會選這個了，應該不是太差的打工才對。

「就——是這樣，不過人生當中總不能完全不努力，有時還是得稍微努力一下嘛。主要得賺錢讓自己快樂過生活。像這種時候，懶惰星球的居民就會選擇最輕鬆的方式，來獲得最大的報酬。」

「啊——……所以才重視CP值對吧。」

「沒──錯就──是這樣。」

所以小鶇才會選擇工作內容輕鬆、時薪不錯、時間上很彈性的打工，賺取最低限度的必要金額。

「也就是說，紺野繪里香的情況跟妳很類似？可以的話盡量不想出力？」

「沒錯沒錯！因此要讓皇后有所行動，你必須提升讓人努力的CP值！」

小鶇露出沒有半點陰霾的開朗笑容，說出獨特的論調。

「原、原來如此，要重視讓人努力的CP值……」

「啊，而且皇后應該沒我這麼懶。所以我想應該有很多方法可以用。」

「咦，是這樣嗎？」

小鶇胡亂點頭，嘴裡說著「大概是吧──」

「我有那種預感。那個人在班上作威作福對吧？換句話說，她有很強大的心靈能量。作威作福把人踩在腳底下不是很累嗎？完全不想消耗體力的人做不來。」

「啊啊……確實是這樣沒錯。」

小鶇說起來特別有說服力。假如小鶇跟紺野繪里香立場互換，可以想見她馬上會說「我好累不想做～」

「以此類推，她肯定跟我不一樣，這種人會有各式各樣的慾望。我這個人無欲無求，說得更貼切點，就是只有『不想努力欲』的生物。」

她邊說邊懶懶地讓上半身倒在桌上。這已經是液體狀態。

「不過……重點是慾望啊。」

「沒錯——就是慾望。會努力是因為有慾望。我無欲無求什麼事都不想努力，我都這麼說了包準沒錯。」

緊接著，倒在桌上的小鶇就只有臉面向這邊，露出脫力的笑容、說著莫名有說服力的話。事到如今甚至覺得她是懶惰學界的權威。

「可是話又說回來，那個皇后的慾望是什麼啊？」

被我一問，小鶇「唉——」了一聲，大大地嘆了一口氣。

「不不，友崎學長，你在說什麼啊？」

「咦？」

繼那句話之後，小鶇換上認真的表情並看著我的眼睛——

「——我這個人無欲無求，哪會知道什麼人有什麼樣的慾望。」

她的語氣又莫名充滿說服力，說的事情有夠空洞。

「哦，這樣啊……」

「那我差不多該回去了！若能讓你做為參考是我的榮幸～」

「喔、喔喔。」

我隨波逐流地揮揮手，目送火速閃人的小鶇。

呃——嗯，雖然最後讓人覺得莫名其妙，可是能聽到小鶇才知道的情報更重要。努力的ＣＰ值是吧。話說那個女孩還真隨興……

＊　＊　＊

後來我的打工結束，時間已經來到晚上八點。

因為我之後跟人有約，就跑到大宮車站的「豆樹」前站著。

車站從構造上來看像在室內一樣，可是各個出入口都大幅敞開，感覺空調好像有開跟沒開一樣，站內給人不上不下的感覺。也許是想藉著這種「不上不下」的溫度體現埼玉整體氛圍。如果真的是那樣，可謂表現得恰到好處。

剪票口兩兩相對設置，出入的人潮絡繹不絕。我漠然地望著這些景象、一面等待，為了緩解緊張情緒做個深呼吸。嗯好了。

重新振作的我再次朝四周張望，結果發現從東邊出口那有股神聖的神祕力場朝這接近。

簡單講就是——菊池同學來了。

「啊……！」

菊池同學注意到我，踩著小小的步伐噠噠地靠近，對我露出靦腆的笑容。

對。我呢——聽妹妹說了那些後有仔細想過，針對菊池同學的事想了不少。之後發現，日南的事、課題、真正想做的事——這中間發生許許多多的事，正因為如此菊池同學對我來說就像恩人，教會我非常重要的事情，讓我重新體認自己並不想失去她。

此外回過頭想想，我跟菊池同學都在大宮打工。既然這樣，若是哪天打工結束的時間都差不多，我們就能順便見個面，剛才休息時間的前半個小時中，我有試著用LINE聯絡她。擇期不如撞日，今天我結束打工一小時後，菊池同學剛好也下班，那一定要開口問一下了！所以我鼓起勇氣試著邀請她，事情的來龍去脈就是這樣。對了，我有順便跟日南報備。

「那個……友崎同學，晚上好。」

「嗯、嗯。菊池同學，晚安。」

菊池同學手拿天使羽衣，用來抵擋充斥人間界的邪氣——不對，是用來遮太陽的輕薄黑色罩衫，穿著比平常更休閒一點的衣服現身。

套著有領子的半長袖白色襯衫，下半身穿著深綠色的裙子，讓人聯想到樹齡十三億年的大樹葉子。很容易就把那布料的一角想像成治百病萬靈丹。

「謝謝你……邀我。」

菊池同學用另一隻手握緊半長袖的袖口，跟我道謝的同時將目光轉向一旁。那聲響好莊嚴、酷似福音，讓我的鼓膜悠然晃動。

「那個——嗯。」回話時心臟正在怦怦跳。「……菊池同學，妳肚子餓了嗎？」

「唔、唔嗯。好像……餓了。」

「那、那我們……」

就像這樣，我努力在這個時候扮演領導角色，在腦海中搜尋應該要去哪間店。

呃——這一帶有哪些店是我知道的——我想到這邊開始著急起來。糟糕，連一間都想不到，只想到賣炸蝦蓋飯的店。但是就算去那邊，菊池同學大概也會說「炸物感覺很好吃呢。」開開心心地跟過去吃吧？可是這樣有損我身為男人的尊嚴。我心裡的假想日南同學好像在說「跟女孩子一起單獨約會卻去吃炸蝦蓋飯，未免太沒有現充風範。」還對我的冷眼相向。不對，這又不是約會！

為什麼我沒有事先做好調查。我確實決定不要再故意逞強或是戴假面具，可是一方面又覺得這種事情應該先找出定論才對。前陣子有跟日南一起去西餐廳吃午餐，我有偷看晚餐的菜單，印象中價格非常高昂，讓我實在下不了手。去之前買完書光顧的咖啡廳也沒關係吧。連續去兩次也沒關係對吧。日南同學妳說呢？我找不到其他候補選項，拜託妳讓我去那裡吧。

呃——要是我還知道其他價錢差不多的家庭式餐廳就好了，但是大宮沒什麼家庭式餐廳吧。不對，或許真的有也說不定，但是基本上高中生不太會一個人去家庭式餐廳，至少我就不知道它在哪。以前我就讀中學的時候，某棟大樓裡面有生活雜貨店「LOFT」，那裡現在好像也有開家庭式餐廳。我以前很喜歡去那裡的「LOFT」。還有說到車站東口，我以前也很喜歡家電量販店「櫻屋」。那不是重點。啊啊我不知道該怎麼辦了。

雖然變得六神無主，但我還是想從這個時候開始藉著地圖 APP 的力量設法力挽狂瀾，想著想著就打開智慧型手機，這時我看到日南傳來的 LINE 訊息。裡頭貼著一段網址。

這是什麼？我邊想邊打開，結果智慧型手機螢幕上出現一間咖啡廳的網站，從大宮車站東邊出口徒步走幾分鐘就到了，可以用平易近人的價錢享用餐點。

「噢、噢噢……」

「……？怎麼了嗎？」

「沒、沒什麼……」

菊池同學錯愕地微歪著頭仰望我，我沒跟她解釋自己為何這麼震驚，而是帶菊池同學去日南說的那間店。話說回來，這已經不是「機靈」兩個字可以形容的吧。

＊　＊　＊

我們來到咖啡廳。

一打開入口的門，有點日式昭和風混西洋氛圍的獨特裝潢映入眼簾。

那裡有張看起來像古董的紅色沙發，旁邊擺著大型的觀葉植物，感覺好華麗。收銀臺前方的桌子上隨意擺放許多裸婦石像和色彩繽紛的酒瓶，牆壁上掛著蒙娜麗莎的畫像等裝飾品，氣氛上走西式華麗路線，但是每件物品又散發懷舊風情。可能是因為這樣吧，與其說是西式的店面，倒不如說它更像刻意走西式路線的日本昭和咖啡廳，整體給人這種感覺。

「這間店……看起來好奇妙。」

「……說得對。」

要說不可思議，真正讓人覺得不可思議的肯定是菊池同學，但是在這個時候說「菊池同學更奇妙」只讓人覺得莫名其妙而且很噁心，就連我都明白這個道理，所以我就沒講。

「這裡的氣氛好棒。」

菊池同學說完就露出有如大天使之息的笑容。

「嗯、嗯嗯……對啊。」

她的反應讓我好害羞，同時也在心裡感謝日南。多謝相助……

我們兩個人面對面坐到位子上，開始看菜單。

「有好多菜色呢。」

「就是說啊……」

菊池同學開心地翻閱菜單，臉上帶著笑容。

「那我就點……茄汁義大利麵好了。」

「我要蛋包飯。」

這時我想起前陣子去別家咖啡廳，菊池同學也點了蛋包飯。

「妳很喜歡蛋包飯呢？」

我使出反覆練習已能順利出招的昇龍拳——更正，是用有點調侃的語氣說話，這讓菊池同學開心地偷笑。

「當我回過神，自己已經選了蛋包飯。」

「啊，直到選完才發現？」

「就是這樣。」

後來我們兩個人一起偷笑。跟菊池同學一起度過的時光果然很沉靜、很自然，但是又很溫暖。

沉浸在這樣的氛圍裡，我把店員叫來，連菊池同學的份一起點餐。努力嘗試主導。然後喝杯冷水休息一下。

菊池同學露出比牆上那張蒙娜麗莎畫像更溫柔、充滿慈愛的微笑，就這樣看著我。

「之前……謝謝你陪我去買書。」

「啊，不客氣、我才要謝謝妳……那麼照顧我。」

「……沒那回事。」

「……嗯。」

森林裡的動物都在冬眠，來到森林深處的妖精之湖，湖畔全都覆著一層薄冰、一片靜謐，就像那樣的湖畔早晨，安穩又莊嚴的氣息撫慰疲憊的心。

「這樣的安靜氛圍讓人心情平靜呢。」

我看著室內裝潢說道，這時菊池同學面露微笑。

「友崎同學，你最近很努力呢。」

「咦，我很努力？」

意想不到的一句話讓我不禁反問，菊池同學則點點頭。

「是的，總覺得你最近很活潑。」

兩手的手指在桌子上交握，菊池同學用溫和的語氣這麼說。啊啊，這麼說也對。暑假結束後。最初那兩天，我一下子跟中村集團交談，或是常跟泉閒聊，不然就是受泉和小玉玉挑起的騷動波及。我身邊好像發生不少事情。那麼看在周遭的人眼裡，應該也是那樣吧。菊池同學的座位在我斜後方，那就更不用說了。搞不好菊池同學是靠她能看穿一切的遠古千里眼之力也說不定。

「嗯，可能被妳說中了。該說是活潑……還是很吵。」

我邊說邊苦笑。

「——是這樣子嗎？」

她筆直看著我，直率、鄭重地回問。

這才讓我發現一件事情。

我再次審視自己的內心。接著我發現那裡有個害臊、自虐、朝那種苟且方向逃避的自己……不對，面對菊池同學，我應該要確實表達真實感受。因此我再次開口。

「不過……那樣讓我覺得最近過得很開心。」

話一說完，菊池同學露出開心的笑容。

「那真是太棒了。」

就像這樣，我在菊池同學面前總是有心靈被看穿的感覺，但那樣就是讓人覺得很溫暖很舒服，讓我重新有了最真的體認，覺得這裡對自己來說是很重要的避風港。

後來我們點的餐點到了，兩人一面用餐、一面閒聊。

這時我決定問菊池同學之前就想問的一件事。

「問一下。」

「……好，你想問什麼呢？」

被我一喚，菊池同學慢慢將嘴裡的食物吞下，接著用沉穩的語氣回應。這種舉動很有菊池同學的風格。假如有人在我吃東西的時候找我說話，我大概會急到盡量快點把東西吞下去，然後回話時口吃，變得怪模怪樣。

「那個——班上有一個女生叫紺野繪里香對吧？」

「是……紺野同學？」

我「嗯」了一聲並點點頭。

「話說這個紺野繪里香……菊池同學覺得她是怎麼樣的一個人？」

對。目前的情報還是不夠。泉跟我說紺野的小嗜好，小鶇說紺野有「慾望」，會依CP值或誘因大小行動。可是光靠這些，我還是不曉得之後自己該採取什麼樣的行動才能完成課題。

所以才想順便問菊池同學。在RPG遊戲裡也一樣，要蒐集魔王的情報得盡量多問一些人，這可是鐵則。而且總覺得菊池同學好像能看穿人心，居住在森林深處的妖精似乎很清楚該怎麼打倒惡龍。

「她是什麼樣的人？這個好難回答……」

「啊啊，這麼說也對，呃……」

問題太抽象了嗎？我重新思考該怎麼提問，接著繼續開口。

「就好比紺野在什麼情況下會願意努力、類似這樣的……對了，我們目前在討論球技大賽的事，可是紺野一點幹勁也沒有對吧？那麼紺野在什麼情況下才會努力？大概像這樣。」

等我說完，菊池同學看似理解地頷首。

「你想說的是這個吧。要找到能讓紺野同學努力的動機。」

「啊——……好像是，大概就是這個樣子吧。」

動機。換個角度講大概就是這個意思沒錯。話說回來，之前菊池同學看日南那麼賣力，她也說過一句話——「日南的動機是什麼」。曾說她在寫小說，對這種事情很好奇。

「唔——嗯，該怎麼說，這樣講或許不是很好聽……」

「嗯？」

菊池同學將手貼在臉頰上，臉稍微向下垂，視線迷惘地朝斜下方遊走。緊接著幾秒鐘過去，她就像在窺探這邊，抬起眼睛仰望我。彷彿飄著發光魔法花瓣的水

池，那雙眼好有魅力，將我的思緒一點一滴輕柔地溶解。

她那對薄脣微微輕啟。

「不想被人小看——我想動機主要是這個吧。」

因為顧慮他人的感受，話才沒有說得那麼死，可是單就內容來看，她對紺野繪里香的評斷可是毫不留情。不想被人小看。好尖銳的一句話。

但我被她點醒，這話確實有道理。

「不想被人小看是嗎？」

「是、是的……」

菊池同學對自己說話有點毒舌的事疑似很在意，背縮得比平常更嚴重，整個人變得垂頭喪氣。如此一來，連同那楚楚可憐的氣質一起算在內，說她完全就像一隻松鼠也不為過。

「的確是這樣……原來如此。」

我頗有同感。

例如促進班上的「土氣是種罪」氛圍形成，讓自己看起來很潮，這些可以說是一種防衛策略，以免自己被人看扁。泉說過的「她對美容很認真」也是同樣道理，不想被人小看才特別在意外表，一方面也可以朝這個方向解釋。那種盛氣凌人的態度和魄力也跟這點有關吧。原來如此，這樣一想確實沒錯，可以看出紺野繪里香的行動都依循某個方針，那就是「不想被看扁」。

只是有件事情令人在意──

「但既然這樣，為什麼在球技大賽上不努力表現？」

假如紺野繪里香的行動方針是「不想被人小看」，那在「球技大賽」這個會有顯眼排名的活動上，她會採取的行動自然是「不想被其他班級看扁所以要加油」。

當我問完，菊池同學又用有點客氣的語氣開口。

「我想肯定是因為……先看扁球技大賽，不管打贏或打輸都不會被人小看……可能是這樣吧。」

「……原來。」

又是非常一針見血的內容，聽她這麼一說確實有道理。只要把球技大賽看得很扁，就算沒拿到冠軍也不會被人小看。反正努力比賽本來就是一件很遜的事。很像紺野繪里香會有的思考模式。

話說剛才那麼快就回話，菊池同學果然有在仔細觀察班上的人，平常就將那些結果放在心裡轉變成言語吧。日南出的課題是「觀察群體」，或許她就是在實踐類似的行為。嗯，跟各式各樣的人打聽情報果然能學到很多。真的是在玩ＲＰＧ。

「可、可是紺野同學也很為夥伴著想，同時又有率真的一面，我想她不是那麼壞的人……」

「嗯、嗯嗯。」

可能是對紺野有罪惡感吧，菊池同學慌慌張張地說些好話，覺得她那樣有點可笑，同時我的腦袋也沒閒著。

「搶先看扁是嗎……」

「是、是的……」

在我心裡，剛才那些話跟小鶇說過的「慾望」、「努力的CP值」連結在一起。

紺野繪里香竭盡所能不願努力。同時又不想被人看扁。

然而只要處在「學校的某個班級」這個空間裡，若是沒待在金字塔頂端就會被人看扁。

所以她才努力「裝得很潮」吧。

畢竟她不得不這麼做。

否則，「不想被人小看」的「慾望」就不能滿足吧。

另一方面，面對球技大賽就不是這樣了。

的確，在球技大賽上確實努力並做出結果，這樣一來自己的地位就會提升，照這樣的邏輯看來也能滿足「不想被人小看」的慾望。

可是這樣一來，「CP值」恐怕不高。

那是因為用不著刻意在球技大賽上努力，只要打造「努力比賽的人很遜」這種「氛圍」，自己的地位就不會下降吧。

這麼做──不用花太多勞力就有莫大的收穫。

所以她才不打算為球技大賽努力。

照這樣想來，紺野繪里香行動方針簡單來說恐怕就是這樣。

「不想被人小看」，她要盡量用「可以輕鬆獲得成果的努力方式」滿足這種「慾望」。

雖然其中的一部分只是推測，但大致上應該八九不離十。

我從泉、小鶇、菊池同學那打聽到一些消息，用自己的方式擬出「紺野繪里香行動方針」。

「……嗯，很好。」

用只有自己聽得到的音量，我小聲地喃喃自語。

光靠我自己一個人找不出答案，但我蒐集缺少的「情報」，目前暫時是有點眉目了。

之前都不曉得該把目標放在哪裡才好。但現在已經知道這麼多了，我就知道自己該朝哪個方向走。

既然紺野繪里香利用「操作整體氣氛」來製造那種狀況，讓大家覺得在球技大賽上不努力也沒關係──那我只要用某種方法改變這樣的「氛圍」就行了。

也就是說，想要打倒紺野繪里香這隻惡龍，不可或缺的就是──

要找出一個關鍵道具，讓紺野繪里香覺得「在球技大賽上輸掉就會被人看扁」。

那就是這一次的魔王「弱點」，也是用來完成這次習題的道具。

只不過，目前還不曉得能創造那種局面的道具在哪，或是我能不能使用和那種道具有相同效果的魔法或武器，但至少知道該滿足什麼樣的條件，那我就清楚該朝什麼方向走。

用一般的戰鬥方式無法戰勝這麼特殊的魔王，我蒐集跟她有關的情報，終於發現她的弱點。

那麼接下來就要去找能夠對付這個弱點的道具！就是這個樣子。

嗯，果然認真起來才會有所發現，「人生」也是一個神作遊戲。

就這樣，我暫時待在自己的世界裡、沉浸在思考中，突然間回過神發現菊池同學帶著好像在守望孩子般的微笑，正在看著我，我則和她對上眼。

「友崎同學，你看起來好開心呢？」

「咦……有、有嗎？」

是因為我在想電玩遊戲的事？菊池同學露出調皮又莫名有些欣喜的微笑。

「這樣才像友崎同學。」

「嗯、嗯嗯……」

菊池同學彷彿用那種笑容接受全部的我，讓我再次感到害臊。

＊＊＊

接著我跟菊池同學聊起安迪的作品，聊到在暑假做了哪些事情，還有最近班上的人發生什麼事，以及未來出路。在閒談之間，我們度過一段安穩祥和的時光。在這段時間裡，我果然不用說自己不想說的話，也不用戴假面具，對我來說是一段非常自然的時光。

之後我們也差不多聊到一個段落了。這時菊池同學小聲說了一句話。

「我也要……好好加油。」

「咦？什麼事？」

我不禁反問，菊池同學則露出調皮的笑容。

「之前我們一起去買書，在那之後明明沒過多久的時間……友崎同學又有這麼大的改變。」

那抹笑容感覺好像比平常更有人情味，嘴裡吐出那段細小話語，在我聽來似乎蘊含她身為一個女孩子特有的多愁善感。

「是、是這樣子嗎……？」

自從那天過後，時間大概經歷兩個禮拜。這陣子，菊池同學也覺得我改變很大啊？

只見菊池同學緩緩地頷首。

「我覺得……你變得比以前更積極了。」

「……原來是這樣。」

聽她這麼一說，我想起自己曾經跟日南吵架的事。

的確，從那個時候開始，我好像更明確知道自己該走什麼樣的路、該朝什麼方向走。

「……嗯，這樣啊。」

菊池同學的話讓我頗有感觸。

對於那些話，其實我自己也頗有同感——所以我不免覺得菊池同學果然擁有看透人心的能力。

接著菊池同學伸出纖細柔美的白皙手掌，靜靜地放在自己的胸口上。

「所以我也要……一點一滴向前邁進。」

「……嗯。」

菊池同學如此宣示，雖然我不曉得她要往哪裡去，想用什麼樣的方式前進。

既然菊池同學想靠自己的意志朝某個方向前進，不管她的目標是什麼，我都會為她加油。

3 解決困難的任務後潛在能力可能會覺醒

新的一週來臨，星期一我來到第二服裝室。

「那麼，習題處理得怎樣？」

還是老樣子，日南看上去一臉無所謂，讓人無法想像她剛才才做完晨練，我準備開口簡單地做個現況報告。

「嗯——這個嘛，我總算知道要塑造什麼樣的情境了，差不多就是這樣。」

這讓日南佩服地點點頭。

「哦。如果你說的是真的，那進度就比想像中快呢。」

「是這樣嗎？」

是因為我去跟很多人打聽消息，所以才進展得這麼快？

「反正時間上還很充裕，你要朝什麼方向走，我就先不過問了。期待你拿出成果。」

「啊，不問詳細情形嗎？」

「對。總之一開始應該讓你自行嘗試，從錯誤中學習。」

果然沒錯，這次的課題重點不在於日南如何指示，而是要自行思考並決定該如何行動，並將它付諸實行。

「反正就是要我自食其力前進就對了。」

「沒錯。」

簡短斷言後，日南沒有再多說什麼。從她的言行舉止來看，這次課題的大方向已經很明顯了。

「原來如此，我懂了……順便問一下，我這次找很多人商量對策。這樣應該沒問題吧？」

此時日南扯出一抹笑容並點點頭。

「那樣才是這次課題的正確解答方式。這樣的模式不是都會在遊戲裡出現嗎？有關這次的課題，魔王並不好對付，當自己的能力不足以應付就要藉助他人力量，這也是非常重要的一環。看清這點可以說是其中一項課題。」

「也就是說，妳反倒鼓勵我這麼做？」

「答對了。」

「……我知道了。」

回話時，我想起之前遇到深實實的問題，全仰賴小玉玉解決。

就跟那個時候一樣，假如我想到某個作戰計畫，但卻沒有將它付諸實行的技能，這時只要藉助他人的力量就行了。

「不過，要是從擬定計畫開始就全部交給別人做，那樣就本末倒置了。不管碰到什麼事，你都要自己挺身而出去面對遊戲。要是把操縱桿交給某個人，那樣一點意義也沒有。你應該明白這個道理吧？」

「我知道，當然明白。」

就這樣，確認完課題的重點所在，我準備去擬定今後的戰略方針。

＊　＊　＊

結束晨間會議，我離開第二服裝室。

接著我來到教室裡，一進去馬上發現一件事。

我來到水澤和竹井身邊。

「中村他……今天也沒來嗎？」

這兩人被我一問，其中水澤困擾地皺起眉頭。

「好像是。發 LINE 給他也是這副德行。」

他邊說邊讓我看智慧手機的螢幕，上頭列出這段對話。

『你今天也不來上課嗎？是因為佳子的關係？』

『稀有惡魔真的好硬喔——』

『把我當空氣是吧。你又在打鬥犬？』

『對啊。記得跟川村說我發燒。』

「喔、喔喔。」

還真是豪氣。除了自己想說的話，其他都直接略過，硬是只講要辦的事。前陣子我跟中村一起去遊樂中心玩過「鬥犬」這個遊戲。中村又在打那個啊。一下子玩AttaFami一下子玩「鬥犬」還真忙。算了，從玩家的角度看，這是不錯的傾向。

「你也看到了——情況就是這個樣子。只能暫時隨他去了。」

水澤用無奈的語氣說著，竹井也跟著點點頭。

「這種時候的修二真的很難搞～！」

「原、原來是這樣……」

看到他們兩人如此回應，我一面盤算該跟這個問題保持多少距離，一面問話。

這時水澤輕輕地「唔——嗯」一聲。

「可是上次請假落在星期五，中間隔了星期六、日，今天又要請假，這次吵架也吵太久了吧。」

「啊，之前沒有這樣嗎？」

這話令水澤頷首以對。

「依照以往的慣例大概休個一天就會來上學，好像什麼都沒發生過一樣……這次還吵到六、日去，大概是史上最長的一次吧？」

「可能是喔～原因到底是什麼呢？」

「不曉得……沒關係，之後再問吧。但我想他八成不會說就是了。」

「那不就只能等啦！」

「應該是吧。總之在球技大賽之前一定要讓他來上學，因為那傢伙是超強戰力。」

「喂！孝弘超現實的！」

「呵呵呵。」

兩人三兩下將話題輕鬆帶過，又像平常那樣閒聊起來。我聽著聽著不免覺得擔心歸擔心，還是要保持適當的距離，這就是男人之間的友情，諸如此類。我至今為止不曾體驗過的世界正在眼前展開。

時間來到隔天。星期二上課前，在教室裡——

「唔——嗯，刷新最長紀錄了。」

這話水澤是皺著眉頭說的。

從上禮拜開始已經持續好幾天了，今天中村還是沒來。來到這個地步，就連我都有點擔心。

最近水澤、竹井跟我常混在一起，我們早上會聚在一起開會，比起昨天的更顯得有些凝重。

「他未免也蹺課蹺太久了吧～」

竹井說話的語氣就跟平常一樣，但裡頭透著一絲擔憂。除了對竹井有「擔憂」這類情感感到驚愕，我不忘專心傾聽他們的對話。

「他還發這樣的 LINE 訊息過來。」

水澤邊說邊讓我跟竹井看智慧手機的螢幕。

『總之這禮拜都說我發燒就對了。』

這段文字讓我不禁啞口無言。

「照這樣子看來，情況好像越來越不妙了？」

水澤點了點頭。

「說的是啊——雖然單純只是蹺課罷了，但是很快就要考試。現在上課也開始針對大考授課，說真的從一開始就老是缺席，這樣很吃虧。」

「……也是。」

我也這麼認為。新的講義跟書冊都一起發下來，課堂上會講解該如何運用這些資料以及今後方針，都不來上這些課雖不至於造成致命失誤，但我覺得這樣不是很好。

「真是的！修二到底在想什麼～～～！」

似乎打心底感到困擾，竹井胡亂搔弄頭髮。

水澤見狀嘴角有些上揚，眼底卻充滿認真的色彩。

「總之說真的，比起在那深思熟慮，修二更容易先付諸行動。」

他邊用手指抓脖子邊說這句，接著盤起手陷入沉思。

第一節課上完了。

接受數學的洗禮，頭腦被搞到很疲勞，之後就迎來一段休息時間。

這時突然有人戳戳我左邊的肩膀。

「唔喔！」

「反應好大!?」

仔細看發現我隔壁的泉正向後仰，皺著眉頭看我。

「啊，抱、抱歉。」

最近已經很習慣跟人聊天，不僅如此，我自認還有能耐三不五時捉弄人或是對人吐槽，但是在我毫無準備的情況下突然出手，我果然還是來不及應付。害我顯露原本身為弱角會有的調調。

「那個——有什麼事？」

當我回問，泉稍微低垂著頭，但仍斜眼盯著我看。

「其實也沒什麼……想談修二的事。」

她的表情很認真，臉頰有點紅紅的。做出這種讓男人心癢的楚楚可憐舉動，真不愧是強角，好狡猾。不過我早就知道強角會在關鍵處顯露可愛氣息。因此我對這點無動於衷，並開口回話。

「喔、喔喔……我、我想想，要、要談他請假的事？」

等到我真的出聲才發現其實比預料中還要動搖些，但泉不愧是泉，一說要談中村的事就心神不寧，我們兩個彼此彼此、算是打平了。

「嗯，對。」泉說著微微地點點頭。「剛才你有跟阿弘他們聊天，我想你是不是知道些什麼。」這才讓我想起泉都叫水澤「阿弘」，同時思考該怎麼回答才好。

「……這個嘛，他確實只是單純的蹺課而已，可是說到最後我們覺得這樣下去不妙。」

「果然……是這樣。」泉看似消沉地點頭。「不曉得會持續到什麼時候？」

這時我想起水澤曾經讓我看過中村傳的 LINE。

「他有傳過訊息，裡面寫『這星期要瘋狂蹺課』之類的。」

「是他本人傳的？」

「嗯，是啊。」

「……這禮拜要瘋狂蹺課啊。那樣實在很不妙呢？」

泉輕輕地「唔——嗯」一聲。

「說得也是。大考就快到了，從一開始就沒來上課好像滿糟糕的。」

「啊——……那樣確實也滿糟的。」

泉用有點迷惘的語氣說道，語尾讓人有點在意。

「那個……『確實也』是什麼意思？」

「啊——沒什麼……這是因為——」

泉用食指抓抓鼻頭，同時繼續把話說下去。

「修二他家——其實之前好像就常常跟父母親吵架。這次是從上禮拜開始，因此他們已經吵了將近一星期對吧？而且好像還要再吵一陣子？所以說，蹺課不來上學也很糟糕……可是一般而言都會讓人懷疑他跟父母親相處起來沒問題嗎？大概就是這種感覺吧。」

「……喔喔。」

我不禁出聲。對喔，我沒想到這麼遠。

我當然知道泉是很體貼的人，可是看到她還會擔心中村跟母親的家族情感，讓我對這點有了更深的體會。果然，她在想中村的事會特別投注感情。

「這點……確實也很重要呢。」

「是啊……」

看我表示同意，泉露出擔憂的表情，輕咬著嘴唇開口。

「唉，要是修二至少能來上個學，我就能硬是找他問話。可是他蹺課就沒辦法了……」

泉無奈地嘆了一口氣。看她這樣，我就試著跟泉提起昨天水澤他們聊過的話題。

「他應該……會在球技大賽之前過來上課吧。」

「唔──嗯……這就不知道了。可是希望他會來。難得有場比賽，我希望能夠跟大家一起同樂。」

「說得也是……」

「嗯。」

只見泉立刻用認真的語氣回應並點點頭。

「剛才跟水澤他們聊天時，我們講到中村在用腦之前可能會先衝動行事。」

「啊，這個我懂。」

泉看起來頗有同感，用手指輕輕指著我的臉。聽到這句話，我不禁露出苦笑。

「中村平常果然就是那個樣子呢……」

看在泉眼裡也是那樣啊。然而她連中村的這個部分都喜歡，戀愛中的女孩真有包容力，讓人不免為之感嘆。

「就是要連這點也包含在內才像修二嘛。我們從去年開始就同班，已經習慣了。」

泉說話時好像樂在其中，一副拿他沒辦法的樣子，看泉這樣──

「總覺得……你們好像夫妻。」

我不經意說出這句話，只見泉滿臉通紅。如何、大家看到了嗎？剛才我說那句話捉弄人說得很順吧。但剛才那個不是為了捉弄人才說的，而是我說出心裡話偶然導致那種結果罷了。就好像轉手把要出招剛好使出昇龍拳。但總而言之還是出了，就結果而言是成功的。

＊＊＊

這天上到第六節課的時候。

我們即將迎接今天最後一節課，也就是漫長的班會。

「那麼，我們在上星期的班會上已經選出隊長，今天就來針對球技大賽決定一些事項吧。」

川村老師在黑板上寫下「想比的項目」，一面跟大家如此宣布。

少了中村的會議就此展開。

「跟去年一樣，每個學年分男女各決定一種比賽項目，跟同學年的其他班級對戰。去年比過的項目好像是……足球、籃球、躲避球、排球、壘球。但除此之外，只要場地能夠配合，還是能在某種程度上自由選擇比賽項目。因此，首先就讓隊長帶領大家討論……竹井、平林。」

老師說完就分別朝他們兩人看去並且跟他們招手，要他們到前面來。

「好耶——！我們一定要選足球啊!?」

竹井在班上同學的竊笑聲中精神抖擻地上前，平林則躲在他後方安安靜靜地出列。平林同學感覺起來果然不習慣做這種事。這種時候只能交給竹井了。雖然不是很可靠，但你要拉她一把。

「先說一下，在隊長集會上不一定能拿到大家最想比的項目，大家就表決選出三種項目吧。畢竟根據傳聞，竹井猜拳好像很容易輸。」

「等等！怎麼連老師都說這種話!?」

就這樣，班上再次揚起一片笑聲。我試著觀察平林同學，緊張的她不至於滿臉笑容，但還是露出開心的表情。很好就是這樣，竹井。

對了，這時我有偷偷觀察紺野繪里香，她也在笑。也對，隊長都選出來了，她再也不需要咄咄逼人了吧。像這樣面帶笑容雖然還是滿潮的，但看起來就像一個可愛的辣妹。平常的表情跟態度未免也太可怕。

話說回來，要我們選想要比的項目啊。我的課題是讓紺野繪里香拿出幹勁。為了達成這點，在比賽項目的選擇上似乎很重要。要是第一志願決定選紺野繪里香討厭的球類比賽，套用在讓人努力的CP值上，「成本」相對就提高了。

「……對了，泉。」

我壓低音量，跟和我有共同目的的夥伴泉搭話。

「嗯？」

泉聽了也小聲回應我。

「剛才那些比賽項目，選哪個才有可能讓紺野拿出幹勁？」

「啊——……」泉猶豫了一會兒。「應該是壘球吧？」

「哦，是這樣啊。」

說真的我已經做好心理準備，去接受「大概每個都不喜歡」這種答案，像這樣得到一個淺顯易懂的答覆，還真是好消息。

「嗯……像躲避球、排球、足球或籃球這類會被球打到臉和身體的比賽，繪里香好像都不喜歡。」

「啊，理由原來是這個啊……」是超消極的消去法。「她還有其他喜歡的運動嗎？」

「這個嘛……她運動神經不錯，但感覺起來好像不是很喜歡運動。」

「這樣啊……」

「嗯。所以若是想盡量提升繪里香的幹勁，只能選壘球了。」

「我想也是。」

當我點完頭，泉從鼻孔裡哼了一聲，替自己加油打氣。「既然要做就得全力以赴」，不管面對任何事情都有這種氣魄，以玩家的角度來看並不討厭。不愧是我的徒弟，我也要加油。雖然在女生的志願項目上出不了什麼力就是了。

「好——那接下來這二十分鐘……到兩點三十五分吧。由隊長帶領大家討論，若能討論出一個共識那就再好不過。要是沒辦法決定，我們就根據大家想比的項目進行多數決投票表決。那就先從男生這邊開始，現在可以開始討論了。」

「男生選足球應該可以吧!?」

當老師將司儀的權利轉給隊長，竹井就開始跟全班喊話。該怎麼說，與其說是現充的強項，倒不如說是竹井個人厲害的地方。

不過男生這邊，當竹井自告奮勇要當隊長的時候，他就放話要選足球了，根本用不著討論，班上的志願項目早就已經決定了吧。

——原以為是這樣。

「不，選籃球比較好吧！」

有人跟竹井唱反調，是之前也有跟我一起聊過天的橘。我主觀認為他是籃球社的，也許被我猜中了。不過，真沒想到會在這種地方出現意見分歧。嗯，我必須仔細觀察並找出原因，看事情為什麼會變成這樣。

「咦咦——!?不會吧——!竟然不是選足球!?」

別說是主導全場了，竹井單純是以「竹井」的身分做出驚訝反應。完全不打算做好司儀的工作，真不愧是竹井。

「啊，那我比較想選壘球。」

有人放出第二箭，是跟橘那一掛男生常混在一起的人，名字叫什麼來著——好像叫清水谷。留個和尚頭、體格壯碩，這樣看來應該是棒球社的。總覺得我從這陣子開始就超有看人的眼光。

「壘球其實也滿有趣的啦！」

像這樣表達意見也不是站在主事者立場統整各方意見，竹井單純只是說出感想罷了。不錯喔，就跟平常一樣呢竹井。我覺得你一點都不適合擔任司儀喔，竹井。

話說原來如此，事情朝這個方向發展。還以為竹井事前放話說「絕對要選足球！」，再加上處於班上金字塔頂端的中村是足球社人馬，基於這樣的權力關係，大概會順順利利決定要比足球，但怎麼會變成這樣……想到這邊，我發現一件事。

對喔，中村不在。

仔細想想剛才那兩個人說要選籃球跟壘球，他們說起來都屬於男生那邊擅長運動的小集團。雖然是現充團體，地位卻不像中村集團那麼高、立於頂點。小團體內的人數多是多，在班上的權力卻沒有中村集團大。

換句話說，在這種情況下，要是中村在場，那些中間階層的人就會順從中村之意，但負責支配氛圍的中村不在這裡，所以他們就從集團分化成個人，開始表達自己的意思，讓意見出現分歧。朝這個方向想似乎就說得通了。而且屬於這個階層的人很多，處理起來不容易。原來如此，中村的影響力果然很大。

「我們班有很多籃球社的人，應該很有勝算吧？」

「確實是那樣沒錯——」

「可是棒球社成員也很多啊——」

「好啦兩邊都有人。」

而在那個運動類小團體裡，大家的意見也各不相同。感覺不像強行主張要別人接受，更像是在顧慮彼此的反應，再來進行意見磋商，跟平常中村那種甚至可以說是在威逼他人的自我主張相比，大家的行事風格都比較客氣。在這個團體裡恐怕沒有像中村那樣明顯的核心人物。因此才沒有屬於整個團體的大方針。

沒辦法統整大家的意見似乎讓竹井感到焦急，他看起來很困擾、臉上表情顯得不知所措，並朝大家開口詢問。

「那這下該怎麼辦？現在就是從足球、籃球或壘球中選吧——？」

「靠投票表決就好啦？」

這位同學的意見讓竹井也點點頭說「有道理！」。

於是討論時間都還沒用完，我們最後變成用投票表決，竹井在黑板上寫下大大的「足球」、「籃球」、「壘球」，開始讓大家表決。

「那從男生先來！有人想選足球嗎～!?」

竹井說話的時候將手高高舉起，可是包含水澤在內，其他舉手的男生總共只有三票。順帶一提，我也沒舉。雖然我不擅長運動，但為了盡量打得開心點，我打算選籃球。這是因為說到不擅長運動的人，跟一般人相比，更不擅長用腳或棍棒控制球。會這樣考量都是為了讓自己好過點，抱歉竹井。還有中村。

只見竹井失望地說著「真的假的……」，然後在「足球」這段文字旁邊用數字寫上大大的「4」。接下來要說的其實也沒什麼大不了，但這種時候通常都會用「正」字來數，這種超有竹井風的計算方式讓我差點笑出來。好險好險。

之後我們繼續計算籃球跟壘球的票數，結果籃球得到九票，壘球得到六票，本班男生部分的球技大賽志願項目順序已定。沒想到足球變成第三名。關鍵在於中村沒來導致中間選民的票數分散，也就是較不顯眼的同學大多把票投給籃球吧。在班上較不顯眼的同學之所以會集中把票投給籃球，與其說大多數人的想法跟我一樣，倒不如說大家認為以出場人數來看，自己要參賽的機率可能比較低。直到去年之前我一直都有那種經驗，所以很清楚。

「可惡——算了沒辦法！那照順序排列就是籃球、壘球、足球！」

如此這般，這位司儀主持的討論會直到最後都參雜私情，大概花五分多鐘就結束了，司儀這個任務自然而然交棒給平林同學。

「那、那個——接下來，女生這邊的志願順序也要表決一下。」

跟剛才相比，教室裡變得比較安靜一點。或許只是先前竹井一直用大嗓門說話造成落差，才讓人有那種感覺也說不定，然而大家若是覺得場面變得比較安靜，氣氛就會慢慢冷掉。我悄悄斜眼觀察周遭的人，感覺大家的表情好像變僵硬了。看在我眼裡會變成這樣或許只是主觀意識作祟。

但我好奇在這種狀態下，紺野繪里香會做出什麼舉動，所以就朝那邊張望，結果看到那一幕——原本用來支撐臉頰的手慢慢放到胸前交疊，整個人靠在椅背上，看起來很不爽。喔喔，這種肢體語言還真是好懂。光是看到她出現這種舉動，在附近的人就會有點退卻吧。

「……唔哇。」

這時在我隔壁的泉發出輕叫。

「……是因為紺野繪里香？」

當我小聲問完，泉便睜著那對亮晶晶的圓眼睛，輕輕地猛點頭。看起來好像小狗。不過說真的，行為上做得那麼明顯，大家都會發現吧……想到這邊，我突然靈光一閃。

搞不好這也是紺野繪里香用來支配氣氛的一種伎倆。

不只用言語表示，還透過看人的方式、姿勢、舉動等各種方法表達意思，藉著不言而喻的壓迫感支配現場氛圍。這麼說來，日南最先開始教我的也是表情和姿勢。

就是這個樣子，由於紺野繪里香發揮她的支配力，班上同學就會覺得很難對彼此大方表示意見，但現場氛圍並沒有完全處於停滯的狀態。

「有──！我想選籃球！有葵跟我在肯定能打贏！」

有人邊說邊精神抖擻地舉手，是深實實。

對此，日南也苦笑著回應。

「這個嘛，我大概只能出賽半場。」

「咦!?……啊，對喔！妳還要當學生會會長！」

「就是這樣──但我個人也比較想選籃球～」

班上氛圍因為開朗的聲音而活躍起來。

就這樣，將紺野繪里香的意思踢到一旁，其他思維開始活潑地作用。簡單講就是，在男生的權力構造面由中村集團一黨獨大，女生這邊則是紺野集團和日南集團兩大政黨，就是這麼一回事吧。班上的勢力圖還真多元。

「籃球……是吧。其他人有別的意見嗎？」

就算平林同學朝大家問話，也沒有人特別站出來反對。這下糟了。照這樣下去就不能選壘球了。

我朝泉那邊偷看，泉看起來似乎也很焦急，在深實實、日南和平林同學之間看來看去。最後目光終於放到我身上，我為了推她一把，一直小幅度點頭。糟糕，被泉傳染了。泉也朝我猛點頭。

緊接著，在幾秒鐘的猶豫之後——

「我想比排球。」

這時小玉玉直直地舉著手發話。怪了？泉舉到一半的手移向頭，用手梳理頭髮。不對，現在不是在那掩飾的時候。雖然我懂她的心情。

「要選排球是吧。怎麼辦，哪個要排第一順位？還是說，其他人有別的意見？」

沒有像竹井那樣立刻投票表決，平林同學想要按照老師的意思先討論再決定。真了不起。

話說回來像這種時候，小玉玉還真是臨危不亂。也對，一方面是因為她跟日南和深實實這兩邊的關係都很好吧，但是其中一個領頭羊紺野集團因為女王心情不好都不敢吭聲，另外一組領頭羊日南集團則希望比籃球，竟然在這種狀態下一個人舉手並發表意見。我覺得一般人可沒這種能耐。

如此這般，照目前的走向來看暫時是由籃球或壘球一對一角逐第一志願，此時泉一臉迷惘地偷看我。也是啦，一般來說都不知道該怎麼辦吧。要在這個節骨眼上另外主張新的，應該要花費不少心力。我不是不懂。看在周遭人眼裡或許沒什麼大不了，但自己親自上場做了才知道累，這種感覺我懂。

不過，要讓紺野繪里香提起幹勁，重點果然還是得從環境開始整治。為了讓大家好好享受球技大賽、為了幫助平林同學，果然還是得讓兩大女子龍頭都拿出幹勁，這樣肯定比較好辦事。所以說，我朝偷看我的泉擺出雙手握拳姿勢，再次鼓勵她。泉看了又像小狗般微微點頭好幾次，接著彷彿下定決心似的，轉頭面向前方——

「……我個人——應該會選壘球吧。」

她稍微將手舉起，同時小聲主張。幹得好，泉！

「那個——要選壘球是吧。嗯——大家會選這些，是各自有什麼理由嗎？啊，選籃球的七海已經說過了。」

雖然感到困惑，但平林同學還是貫徹老師的方針——「要先討論再決定」。

「那麼夏林同學，妳有什麼理由嗎？」

被人這麼一問，小玉玉稍微想了一下。

「我想想……因為我想比這個。」

小玉玉這句話說得太過直接，現場頓時沉默了一下。

「不對啦，未免太沒料了!?」

這時馬上有人半開玩笑地吐槽。仔細看發現深實實正從座位上朝小玉玉那狀似滑稽地伸手。這讓班上笑聲四起。

喔喔原來如此，為了讓一群人發笑可以這麼做，在第一時間朝說話有點奇怪的人吐槽。我一邊學習這項技能，一邊記她的姿勢，以防某天換我要用這招。我的腦袋瘋狂空轉。嗯，就算記起來還是難以實踐。

話說回來剛才的深實實還真厲害。能夠讓整個群體發笑是其中一個厲害的點──但曾幾何時我曾經聽說過那件事，就是小玉玉無法扭曲自我，深實實保護這樣的她，讓她融入群體。剛才那一段互動似乎就在體現這點。假如剛才深實實什麼都沒做，尷尬的氣氛很可能會持續下去。

「那麼──接下來換泉同學……」

討論會大概就以這種感覺進行，途中教室裡突然響起一道不悅的聲音。

「──我說。大家意見不一樣，投票表決就好啦。」

這句話是女王說的，語氣裡滿滿是對司儀的責備。

「啊，那、那個。話是這麼說、沒錯……」

紺野繪里香話裡充滿敵意與尖銳的魄力，平林同學聽了瞬間步調大亂，話說得斷斷續續，目光飄向老師和班上的同學，想跟他們求救。

發現那道目光，在一旁靜觀會議發展的川村老師開口了。

「……紺野，妳先別這麼說。我個人認為突然就用投票表決的方式決定不太好。我只是想試試看，看你們透過開會討論能不能獲得共識。罷了，那從這裡開始就由我來問吧。嗯──首先是……」

川村老師如此說道，同時像要袒護平林同學，不著痕跡轉移司儀權利，要讓討論會繼續下去。看起來屬於冷豔型，又是精明能幹的女人，感覺好帥氣。平林同學似乎鬆了一口氣。後來老師問泉有什麼理由，她則說出不至於得罪大家的動機。我偷偷觀察紺野繪里香的反應，發現她跟剛才沒兩樣，看起來一臉無聊、整個人靠在椅背上，還翹著二郎腿。

告知理由的泉坐回椅子上。我朝那邊看去，目光剛好跟泉對上。

「……繪里香好可怕。」

「是啊……」

我悄悄跟泉做個確認，之後有一陣子都在觀望會議發展。

在那之後，大家有進行討論並投票表決。結果是籃球六票、壘球五票、排球兩票。籃球變成第一順位。嗯。壘球沒有變成大家最想比的項目。天底下果然沒這麼好的事。

對了，看樣子紺野繪里香不管是哪個項目都不打算舉手，但她被老師盯上了，對這點似乎還是有留意一下，就投一票給壘球。也就是說泉的預測正確無誤。不愧是很會看場合的女人。

討論會結束後，休息時間到來。

泉疲憊不堪地趴在桌子上。

「……辛苦了。」

我就近看她做出那些小小的努力，所以就出聲慰勞，這讓泉稍微抬起臉龐，露出充滿破綻的傻笑。

「謝啦。」

「喔、喔喔。」

這個守備太過薄弱又毫無防備的表情讓我不禁看到入迷，同時迅速將目光移開，試圖保持內心平穩，並思考今後的事。

「話說紺野真是守備堅強……我不覺得她會拿出幹勁。」

「啊哈哈，說得也是。」

彷彿對人敞開心胸一般，她露出天真無邪的笑容。拜託妳別露出這種表情，會害我也一不小心把心交出去。不對，對我來說又沒損失。

「不過，大家選籃球也好，選壘球或排球也罷，照目前的樣子看來，要成功不容易呢。」

「嗯～也是。把繪里香算在內，讓全班一起同樂，這個目標還是只能放棄了。唔——嗯，可是平林同學看起來很辛苦……」

泉邊說邊「唉」地嘆了一口氣。

「或許需要想一些作戰計畫……」

當我說完，泉一臉錯愕地看向這邊。

「作戰計畫啊……也是啦。有什麼好點子嗎？」

「唔、唔——嗯……」所謂的作戰計畫，就是要找能對付弱點的道具。「我……想一下。」

「嗯，ＯＫ——」

泉用手指做出ＯＫ的符號，嘴裡如此回應。

話說回來，要擬作戰計畫啊。

得想出一個能引燃紺野繪里香幹勁的策略。「不在球技大賽上努力就會被人看扁」，要讓她這麼想，得找到有這種效果的陷阱才行。或者找出紺野的其他「慾望」。

然而之後我跟泉打聽紺野繪里香的各種情報，也沒什麼特別的新發現，還是想不到任何計策。唔——嗯，似乎還差那麼一點點就能找到眉目。

＊　＊　＊

這天放學後我跟人開會——不，確實是來開會沒錯。

但這次的「會議」不像平常那樣，去第二服裝室舉行。

在教室後方靠窗處，中村集團總是在那邊閒聊。

放學後，水澤、竹井和我正在閒聊，平常沒有加入的泉和日南加入對話，我們開始自然而然針對中村的事開會。今天老師他們去參加校外研討會，所有的社團活動似乎全都停擺了。

議題當然是「繼續把中村丟著不管好嗎？」。

「……話雖這麼說，我們能做的事實在有限。」

當水澤跟聚集在此的大家這麼說，日南便面帶苦笑地開口。

「也對，修二什麼都不告訴我們，這樣很難辦呢。」

「就是說啊。」泉也表示贊同。

這時水澤皺起眉頭。

「既然這樣……我們基本上就什麼都不該做了。」

這樣的主張一出，泉便困惑地開口。

「咦？為什麼？要是有能夠幫上忙的地方，不是應該出力幫忙嗎？」

聽泉這麼說，竹井也跟著點點頭。

「優鈴說得很有道理啊～！要是修二遇到麻煩，我們一定要幫他！」

「嗯——可是。」這次換日南帶著有點客氣的笑容開口。「那是他們家的問題，修二好像也不希望外人介入……」

「重點就在這裡。」

水澤也認同她的看法。

不過話又說回來，確實是這樣沒錯。我懂他們想要幫助中村的心情，可是班上同學對於家族間的紛爭究竟能介入多深？其中還有這個非常微妙的問題。

日南也露出不甘心的表情，跟著點點頭。

「嗯。若是他不希望我們介入，我們卻強行干涉，那就是我們一廂情願了……」

緊接在後的是一陣沉默。

剛才日南說的這些，是以矯情女主角的立場發言，還是講究合理性的 NO NAME 所想，我不得而知。可是隱約感覺得到，那應該是她的真心話。因為這就是日南說過的「權利與責任」問題。

「在自己能夠負責的範圍內才會擁有相應權利。」

換句話說，假如我們這次擅自介入中村的個人問題，單方面採取某種行動，到時引發不好的結果——這個責任將沒人能擔得起。此外，若是無法負責，我們就不該擅自插手。

我個人也覺得用這種態度面對問題才是正確做法。

這個時候，泉總算開口。

照那句話聽來，她好像接受了，可是話裡又帶著些許迷惘。

「這樣啊……」

「好吧——既然孝弘跟葵都這麼說了，應該就是那樣吧～！」

竹井似乎信賴他們兩人的判斷，但果然還是有點不確定成分在裡頭。

「所以說，我們會盡量傾聽，但短時間內還是先等待比較好，我是這麼想啦。」

日南在那開導泉和竹井。

「嗯……說得也是。」

泉明顯表現出垂頭喪氣的樣子，但還是緩緩地頷首。果然，就算事情是這樣，泉還是想幫忙吧。這對她來說應該是她「想做的事」，看在日南眼裡卻是不正確的態度，因此她一方面戴著完美女主角的假面具，把角收起來，一方面又要制止泉吧。

靜靜的，兩者之間產生落差。

日南有個絕對方針，那就是只能持續選擇合理的行動。雖然極端，這種行動方針卻將日南推上各種層面的頂尖地位，所以像泉剛才那樣毫無根據地「想做什麼事」，基於這點展現的不合理行為才遭到制止吧。

不過，這時有個念頭從我腦中閃過。

——我跟日南不一樣。

我的根本行動方針只有一個。

為了讓自己快樂玩「人生」這場遊戲，「找到想做的事」是大前提。

對，既然這樣。

現在我該做的——就不是學日南選擇合理手段。

我選擇採取的行動單純就是目前自己「想做的事」。

也就是說，在這個時候若要面對自己的人生，我不該先去想合不合理，而是先去思考自己「想做的事」是什麼。要先把它找出來。

「……」

有鑒於此，我心中有些難以言喻的模糊情感，我要靠自己的力量把它們找出來。

這個時候，我應該把自己的感受擺在第一位。找到方向。找到想做的事。

我在自己心中稍微摸索一陣子、徬徨了一會兒，看到眼前的徒弟露出消沉表情——接著我做出一個結論。

這個結論跟日南所說的「合理性」相去甚遠。

我覺得必須要在此貫徹它。

此外，要達成這點的必要條件恐怕是「操縱現場氣氛」。

我在自己心中暗自策劃，慎重組裝字句，接著朝大家開口。

「我也覺得現在不該貿然介入中村的個人問題。」

對。照理說這種時候應該採取的行動就是等待。要等中村主動找我們商量、找我們幫忙，那才是解決這個問題的合理方式，我也這麼想。

「正因」如此，我才要繼續把話說下去。

「──不過。」

「……不過？」

有人回問我，像要催促我繼續把話說完，那個人不是泉，而是日南。

我整理自己的思緒，為了讓它們化為現實，我開始講述。

「的確，對方又沒要求，我們卻擅自展開行動，要來解決問題，我覺得這樣不太好。可是，為了以防他某天過來跟我們求助，我們大可預先做些準備，到時才能幫他解決。」

「……預先做準備。」

這時日南小聲重複我的話，語氣上聽起來不是很能認同。

「咦，在說什麼，這話什麼意思？」

泉似乎看到小小的希望，她為此雙眼發光，向我詢問細節。

我則開口向泉和日南解釋自己的想法。

「若是中村沒有主動要求……那像是硬把他拖出來，或是去找中村的母親說些話，要他們和好，我想應該不能做這類具體行動。不過，在情況不會惡化的範圍內，我們可以試著了解目前的狀況，若伸出援手需要一些必需品，我們要想辦法把這些東西弄到手，只進行這類『用來幫助他的準備』，我認為是可行的。不是要付諸實行，而是為了因應中村主動來拜託我們的那天。」

其實也沒什麼大不了的。

就算他本人沒有要求，我們也能做準備。

或許這些都是做白工。

對。我在這個時候找到「想做的事」，內容其實非常單純。

「為了幫助中村，我想做些什麼。」我尊重泉的這份心意。

這就是我剛才在心中摸索得出的結論，是我自己「想做的事」。

「我懂了，原來有這招！也就是說可以預先做準備，等它在某天派上用場！」

「對，就是那樣。」

泉睜著閃亮雙眼回應，我則予以肯定。

然後我偷看日南一眼，又將目光拉回泉身上。

「既然發自內心想要幫忙，我認為就該全力以赴。」

這句話既是對著泉說的，同時也是稍微在挖苦日南。但我真的這麼想，那也是沒辦法的事。

「就是說啊！不愧是友崎，真明理！」

泉的聲音裡充滿雀躍。

「嗯……這樣啊，說得也是——」

日南說話時的表情有些模稜兩可，但言語上並沒有否認。好吧，事實上，我說的話並不是天馬行空誇張到不行。不曉得中村會不會來拜託我們，也許最後努力都會白費也說不定，但我們只要全力以赴就行了。因此，她這個時候才找不到將那些論調全盤否認的「完美女主角日南葵特有理由」吧。

但我對於日南目前的想法清楚得很。

目前中村不願意讓我們介入。照他的性格看來，這點很難改變。

換句話說，在這個階段做努力，或是預先做各種準備，到最後很有可能都淪為徒勞。做了這些努力要獲得我們想要的結果，這種可能性很低。

那麼在這種情況下，花時間努力或是做準備非常沒有效率，而且報酬率很低，目前不該選擇那麼做。既然有時間做那種事情，應該把時間花在能夠更確實做出成果的事情上。所以確定情況之前，我們應該先觀望。

說得更白一點，假如中村選擇做出對自己不利的事，因為這個選擇衍生的責任要由他自己承擔，我們用不著特意出手幫忙。

差不多就是這樣。

身為一個玩家，我懂日南的意思。應該說看法幾乎一致。

但是與之相比，換言之，先將「想做的事情」擺在合理性前面，那樣人生會過得更開心。這就是我的思考邏輯。

我以前曾經跟這傢伙放話，說「讓我教妳該如何享受人生」，那句話就是在反應前面那些想法。就讓我教教妳吧，日南。雖然我不曉得這麼做是不是正確的，但目前先別把事情想得那麼嚴苛！

「總之大家先試著做做看吧！好不好！」

泉用澄澈的目光看著大家。戀愛中的女孩子單純只想「幫助對方」，我想這大概是世上最難顛覆的「氛圍」之一。雖然這次被我拿來利用，可是這樣一來大家就會尊重泉「想做的事」，我認為這樣就夠了。這麼做或許也能繼承日南所謂的合理性。最重要的是設立這個目標，全是出自真心。

「好吧，既然文也都這麼說了，我們就來試試看。」

這時水澤露出無奈的笑容，跳出來支持我和泉。

「嗯！就這麼辦——！」

泉頓時露出開朗的表情。

緊接著竹井也點點頭說「我支持小臂~」。

如今大局已定，就算是日南葵也無法顛覆。

我扯扯嘴角露出笑容，轉眼看向日南。接著日南只跟我四目相對一秒，瞇起眼睛露出意味深長的銳利目光。

「有道理！確實值得試試看！」

她擺出完美女主角該有的明亮表情，嘴裡這麼說。真是的，演技還是一樣好。

心裡明明在想「竟然做這種沒意義的事情……」只不過，正因為是完美女主角，更不能說那種話，平常裝乖在這種時候就得到報應了。

眼下這個節骨眼上，日南因我和泉「想做的事」，硬是接受非常不合理的論調。

「那我們就盡力試試看吧。」

水澤最後跳出來為大家的意見做總結。這下全體方針就此決定。

緊接著，日南裝出一副若無其事的樣子，嘴裡說著「嗯——那麼——」，邊說邊看著大家。

「首先我們應該做的大概就是——」

如此這般，她先跳出來主導。喔喔。我有點驚訝，不過這才像日南葵。就算自己不希望事情朝那個方向走，一旦方針決定，就會盡全力提升效率。在這之中對不合理的「意願」也不設限。像這樣馬上能看開轉變就是那傢伙的強項。

順帶一提，假如之後日南質問我「為什麼做出那種提議」，我打算回她「這樣能累積一些經驗，以後攻略紺野繪里香派上用場」。那樣日南應該就不會太生氣。懂得找藉口也是人生中一大重點。

＊　＊　＊

我們開始以日南為中心討論。

「總而言之，不知道修二那邊狀況怎麼樣就不知該如何下手。若是想確認一下，那我們就要巧妙跟修二套話，或是在情況不至於惡化的範圍內跟修二母親詢問，大概是這樣吧？」

當日南說完，水澤驚訝地轉頭看她。

「從他母親那邊問話，這未免太難了吧？要是我們特地去他家，到時事情就會鬧大不是嗎？」

然而日南只有「唔——嗯」一聲，並沒有露出困惑的表情。

「不過……打個比方，目前在課堂上有發一些講義，那些都堆在修二的桌子裡對吧？」

「嗯？是有這回事。」

水澤一臉不解地頷首。

「還有，修二不是發過 LINE，說他一個禮拜都不能上學嗎？那我們可以把這件事告訴老師，拿那個當藉口送講義去修二家，像這類辦法應該可行吧。他整整一個禮拜都沒來，最好去他家探望一下，大概照這種感覺走！」

「喔……也對，那樣就能做得很自然。」

水澤半居下風地做出回應。

「那樣一來，修二跟母親吵架不可能待在家裡，講義送過去的時候自然而然就會跟他媽小聊幾句！若是能趁這個機會跟修二他媽巧妙問出他們兩人的事，那樣我們就能知道修二為什麼會跟母親吵架！大家一起去可能會引發騷動，那樣不太妙，我們可以派一個人當代表。但是要套話好像滿難的……話雖這麼說，我有把握辦成！」

日南邊說邊半開玩笑地舉起一隻手拗彎擠出肌肉。

她就這樣侃侃而談，但說話語氣一點都不討人厭，將自己的想法解釋清楚，日南的手腕著實把我嚇到。明明被我跟泉以「想做的事」為名行非合理之事波及，卻在這非合理之中尋求合理性並衝鋒陷陣，試圖用最快的手段解決。

這麼說來，我還沒見識過這傢伙認真解決問題的模樣。她總是站在給我試煉的立場，沒有向我提示屬於她的解決方式。在這傢伙的做法中，若有值得偷取的技能就盡量偷吧。畢竟「觀察」也是課題的一環。

話說這樣看下來真教人懾服，她迅速組合目前已知的資訊，輕鬆提出現在馬上能付諸實行的方案，速度這麼快，讓人覺得真不愧是效率與生產性之鬼——日南葵。此外，就算執行這個方案後發現不可行，她恐怕還準備二號或三號備案，打算反覆嘗試那些備案吧。

「有道理，那樣或許能問出一些東西……那麼葵，可以交給妳去辦嗎？」

眼看水澤正打算再次統籌意見。

「這個工作——可以交給我嗎？」

這句話聽起來有點客氣，可是從語氣能聽出說話者已下定某種決心——是泉說的。

「這個——……」

日南頗有顧慮、欲言又止。不曉得她現在在想什麼。是在想要怎麼拒絕泉的提議卻不引起風波？還是怕沒親自出馬會讓成功率下降，在計算這其中的風險？然而日南都還來不及把話說完，泉又更進一步接話，想要說服對方。

「我想做。」

眼裡蘊含的意志比剛才更強，那雙眼看著日南。沒有隨波逐流，而是確實主張自己的意願，這是我至今為止看泉表現得最強勢的一次。也就是說，這就是戀愛的力量？

泉會如此主張，是為中村著想，確實表達自己想為他做些什麼。不過，思考邏輯上肯定不具合理性。「為了幫助中村，我想做些事情！」單純只是這麼想，然後將它直接表現出來罷了。我個人認為那股意志——對「想做的事」充滿動力，意外地讓人不敢小覷，但這點毫無根據。

換句話說那代表比起有效率地解決問題，還不如將自己「想做的事」擺在前面——也就是「極度欠缺合理性」。

這麼做確實很不合理，日南當然會面有難色。

「嗯嗯——這個嘛～」

雖然用開朗的語氣說，日南卻沒有馬上做出結論。被人捲入不合理的漩渦中，她要想辦法累積合理性，大概在思考要怎麼用最短的時間擺脫這些不合理吧，這時又有第二個不合理的要求擋在日南面前。

不僅如此，儘管泉的主張一點道理都沒有，會那樣提議卻是出自愛戀中村而產生的率真想法。身為完美女主角怎麼能對這點視如敝屣，所以她難以拒絕。有鑒於此，想必日南現在非常困擾。這下開始出現一點有趣之處。果然，戀愛中的女孩「氣場」特別強。

就這樣，日南猶豫了一會兒，接著她開口。

「ＯＫ！那就交給優鈴處理！」

如此這般，日南又被「不合理」淹沒。畢竟她平常都在扮演完美女主角，被迫做出不合理的選擇應該也不是什麼稀罕事，但是像這樣要具體「解決問題」卻做出不合理的選擇，正好跟日南葵的行動模式背道而馳。

這時竹井半開玩笑地開口。

「優鈴有辦法達成任務~!?交給葵比較妥當吧!?」

真沒想到會碰巧從竹井口中聽到這麼合理的話，這點讓我驚訝了一下，不料泉豎起大拇指還眨眨眼睛。

「包在我身上！我最擅長看場面說話！」

泉說著就朝我看過來，還對我笑了一下。這、這個自虐哏是怎樣，而且只對聽過她煩惱的我發動。不過話說回來，她能夠接受還把它當成搞笑題材，我覺得這樣很棒。現在她也像這樣，能確實說出自己的意見。

不過這樣看下來有種感觸，總覺得最近這陣子，泉在短時間內已經開始陸陸續續堅定主張自己的意願。戀愛帶來的經驗值真是讓人跌破眼鏡。用不著跟人在等級提升上競爭，但我也不能再鬼混下去了。

「嗯，那就照這個方向去做吧。」水澤用這句話收場，會議到此結束。

「那我們就先去跟老師講吧！」

在日南一聲令下，作戰計畫開始啟動。

＊　＊　＊

在那之後，大約經過一小時。

我們獲得老師許可，在水澤的帶領下來到中村家，跟中村他媽談話的任務就交給泉，其他人去附近的便利商店前面等。

自從我們來到便利商店，時間已經過了十五分鐘左右。

「好像有點久……？」

當日南說完，竹井頻頻點頭。

「他們到底說了什麼啊——!?」

「搞不好修二在家，他們就聊到忘我了。」水澤接了這句。

我們就這樣胡亂推測、東聊西聊，之後又過了十分鐘。看起來疲憊不堪的泉朝這邊走來。

「喂～！妳跑去做什麼了，優鈴鈴～!?」

當竹井大力揮著手問完，泉將手舉到跟胸部平高並輕輕揮動。

「我問到了……該說是修二他媽一直在跟我抱怨修二的事……」

她說話有氣無力，笑起來也很無力。

「辛、辛苦了……」

看她那個樣子，我不禁出聲慰勞。

「嗯……謝謝你。」

泉邊說邊將雙手放在日南的肩膀上，人朝她靠過去。接著日南就摸摸泉的頭。

「好乖——優鈴是乖孩子、乖孩子。」

「不對，人家又不是小孩子!?」

被人當成小孩子，泉出聲抗議。日南則像在捉弄人，有點執拗地摸著泉的頭。

嗯，這樣的組合讓人大飽眼福，真不錯。

緊接著泉突然從日南身邊跳開，兩手用力拍了一下。

「……話說！」

「要說吵架的理由？」

日南三兩下就恢復正經表情，當她簡短地問完，泉小幅度狂點頭。

「我問到了，該說是對方擅自透露……」

泉說著面露苦笑。

「……原因是什麼呢？」

日南擺出緊張等待的表情，一雙眼盯著泉看。

下一刻，不知為何泉嘆了一口氣，皺著眉頭這麼說。

「他玩 AttaFami 玩太瘋，禁止他在家裡面玩導致兩人大吵一架，聽說是這樣……」

——

一陣短暫的沉默後——

水澤和竹井吐出一個非常大的嘆息。

「這可能是我第一次看到比竹井更蠢的人……」

「等、等等，這樣講太過分了吧～！」

看他們兩人這樣，泉也大大地嘆了一口氣。這理由未免也太無聊了吧——可以看出她心裡想的是這個。

可是在這樣的氛圍下，我有所感觸。

在這個空間裡，恐怕只有兩個人能體會中村的感受。

我偷看日南，對方也跟我一樣，視線落在我身上。接著我們就像在互相確認什麼，先是朝彼此點點頭，之後就不再看對方。果然是這樣。

講白一點，我跟日南一聽到吵架的理由，當下感想當然是——

「居然禁止他玩 AttaFami，未免太過分了吧！」

我打心底這麼認為，但是沒有表現出來。

＊　＊　＊

我們換個地方，來到附近的家庭式餐廳。

「不、不管理由是什麼，在這種時期一天到晚蹺課就是不好……」

為了鼓舞士氣一口氣下滑的我們，水澤再次點出我們的目的。

「就、就是說啊。這樣不是很好。雖然原因是那樣，但他們畢竟還是吵架了……」

泉也像要讓自己重新燃起幹勁一樣，嘴裡唸唸有詞。

「說、說得也是～」

至於竹井，他整個人完全處於意志消沉狀態。

「啊啊，總覺得這個問題一定要想辦法解決才行。」

「是啊——！自己喜歡做的事情遭人禁止，那樣肯定很難受！」

我跟日南的情緒和剛才相比，反倒變得有些激動了。

「你們兩個是怎樣……？」

大概已經敏銳地察覺到這點，水澤用狐疑的眼光看我們，日南立刻轉移話題。

「但事情既然是這樣，我們就有很多辦法了。」

「咦!?什麼什麼!?」

坐在日南隔壁的泉突然間跳起來朝日南貼過去，等她說出後續。

「我想修二的母親大概認為玩 AttaFami 會變笨。」

「啊——……嗯，原來是這麼一回事！」

「所以說……友崎同學。」

這時日南突然叫我。

「咦？我嗎？」

「嗯……友崎同學，你期末考大概考第幾名？」

「咦，期末考……這個嘛，差不多四十名左右。」

正確說來是三十八名。這所學校裡每個學年都有兩百多人，我個人覺得排名落在那邊還算不錯。在這部分我不算太弱。不過，為什麼要問這個？

「也就是說排名比修二還要前面對吧？」

當日南問完，水澤點點頭。

「應該是吧。那傢伙的成績也不差，但大概落在中段吧。」

他一回完，日南便露出壞笑。

「然後呢……其實我最近也常試打 AttaFami 喔？」

「是這樣啊？最近這個好像很流行。」

這讓水澤苦笑。講是講最近，但 NO NAME 出現在連線對打上已經是半年多以前的事了。不過以玩家的角度來看算是最近沒錯。

「嗯。也就是說，我跟友崎同學都有在玩 AttaFami 對吧？而且我們兩個人成績都不差。所以說。只要把這件事——告訴修二的母親——」

「……啊——」

這時水澤放鬆下來且面帶笑容，我也聽出日南想說什麼。

日南繼續開心地說下去。

「玩 AttaFami 頭腦會變差，到時就能解開這個誤會啦？」

該怎麼說，聽起來是有點白痴，但若能巧妙運用，有可能一口氣解決問題。這兩個人在玩 AttaFami 又很會讀書喔——告知這件事確實是簡單明瞭的做法。

水澤似乎有點傻眼，但他仍一臉認真地摩挲下巴。

「好吧，這招確實不賴……但是就我聽說的來看，跟佳子說『全學年第一名也在玩』才夠有說服力。」

「……也對。」

我點點頭。雖然是種先入為主的觀念，但像那種過分關心教育的媽媽類型，只要聽到身邊有可靠情報指出「班上有一些很聰明的人也在玩！」，感覺就會很容易買單。

再說玩 AttaFami 的若是只有我一個，排名就滿微妙，推我出去也不是很可靠，但另一個人可是全學年第一名的「日南葵」。這樣一來說服力就大大增加，甚至讓人覺得玩 AttaFami 可以訓練腦力。這簡直就是靠努力硬闖，想要用這種方式正面突破，很像日南葵的作風。

水澤微微地點了好幾下頭。

「照這樣看來，就讓葵去跟修二的父母巧妙告知這件事，做法大概是這樣吧……可是現在才提起第一學期的考試，好像有點怪怪的。話雖如此，如果是葵應該沒問題吧？」

這一問讓日南稍微表現出煩惱的樣子，接著她開口了。在上一刻，有那麼一瞬間，日南的嘴角好像上揚了，是我多心了嗎？我開始有點緊張。

「唔——確實是那樣沒錯……都已經來到第二學期了，聊第一學期的考試不是很自然……講其他的可能會比較自然一點。」

「講其他的？」

當水澤回問，日南先是「唔——嗯」地猶豫一下，接著不知道為什麼，她看著我的眼睛說出這段話。

「後天有數學小考對吧？」

「咦？這個嘛……有是有。」

我回話的時候心中隱約有種不祥預感，在那之後日南露出邪惡的笑容。

「既然這樣，等我們就像今天那樣把講義之類的東西整理整理，拿到修二家裡……到時順便把我跟友崎同學考九十分以上的答題卷一起帶去！」

「咦、咦咦!?」

日南全力發揮的嗜虐性格讓我被殺得措手不及。先等一下。要考九十分？

「我、我的數學不好……」

當我答完，日南嘴邊還是帶著笑容，但眼裡卻透著虐待狂特有的笑意。

「嗯。但這都是為了幫助修二，你會努力吧？」

「喔、喔喔……」

就是這個樣子，剛才我把日南拖下水的時候曾用「為了中村」這個理由，這下它被拿來說服我，我也只能點頭答應。完全被人反將一軍。剛才做的事現在報應到我頭上。

「請、請問！」

這時突然天外飛來一筆，看起來似乎已經下定決心了，泉支支吾吾地出聲。仔細看發現她怯怯地將手舉到跟臉相同高度。日南也轉頭看她，眼睛眨了好幾下。

「嗯？優鈴？」

緊接在這之後，泉抬眼仰望日南、想在窺探什麼，接著開口說話。

「我最近……也有在玩 AttaFami。」

「喔——是這樣啊？」

雖然有點困惑，但日南還是做出回應。泉聽了大力點頭。

「友崎說我還差一點就能當修二的練習對象，所以我自認打得很勤快！」

「唔、唔嗯？」

日南回應時稍微歪著頭。照那語氣聽來似乎不太能理解。

後來泉的目光終於從有些迷惘轉變成既堅定又直率，目不轉睛地看著日南的眼睛。

「——所以後天的小考我也一起努力，那樣可能更有效果。」

她說完就默默擺出認真的神情，等著日南回應。這又是泉「想做的事」。

這時日南偷看我。是想確認泉真的比較會打 AttaFami 了嗎？搞不好日南覺得有我跟她就夠了，用不著連泉都一起努力也說不定。若是她的努力會變得毫無意義，日南肯定不贊成做那種不合理的事吧。的確，若是有那個「日南葵」在，再加上我，其實說服力感覺已經足夠了。而且是這傢伙出馬，應該能用言語巧妙說服。換句話說以日南的思考邏輯來看，恐怕覺得這次用不著連泉都一起逞強努力。

既然如此，我就拿這句話堵日南。

「確實是那樣，泉最近很努力練習 AttaFami。我都這麼說了，肯定沒錯。所以我們一起執行作戰計畫應該會更好。」

日南依然看著我，眉頭在剎那間緊皺了一下，接著馬上又變得笑臉迎人。哼，日南應該也有什麼想法，但泉心想「為了幫助喜歡的人，想要盡點心力」，我決定尊重這份心意，也就是尊重泉「想做的事」。因此，目前要暫時略過日南所謂的合理性。想要去做「自己想做的事情」，我對那種心情感同身受。

「……這樣啊！」

日南「啪」地拍拍手，後面接了這句。那是一點都不誇張的開朗語氣，但感覺比較接近這樣——其實心裡對我是這麼看的「哦，你要出這招啊？」懶得跟我爭辯就接受了。之後的反應令人害怕。

「那就讓我們三個人在數學考試上拿到超過九十分！然後下次要把那個小考的講義送過去時，我們順便不著痕跡跟修二的母親說這件事！差不多就是這樣，可以吧？」

「嗯！」

「……應該沒問題。」

泉跟我都表示同意，水澤跟竹井也說「這樣可行——」，並輕輕地點頭。日南看了露出笑容，嘴裡說了聲「很好！」明明就沒有完全認同，這傢伙卻露出非常燦爛的笑容。

「那麼接下來就要確認修二是否希望我們這麼做對吧？」

「嗯，大概是吧。」

這次換水澤露出苦笑。

其實照目前的做法來看情況不至於太過惡化，但我們擅自去找他媽了解情況，未經中村許可就突然拿著小考考卷過去，然後發表演說「伯母，就算玩AttaFami頭腦也不會變差喔！」要是中村聽說這件事，八成會不爽。

那麼就要先派某個人去說服中村才行──

「那麼來想想說服修二的方法吧。該怎麼說服他……」

「我可以試著說服看看。」

泉再次用充滿決心的語氣發話。

「這個嘛，嗯。那就交給妳了！」

之前那些可能已經讓日南學到教訓了，這次毫不猶豫、立刻交棒給泉。泉總算練就透過非言語手段使日南折服的堅強意志。戀愛的力量比完美女主角更強大。

不過話說回來，感覺泉更適合做這個工作。因為他們幾乎可以說是兩情相悅了。

「可是～！修二不大想跟我們見面不是嗎？」

當竹井說完，泉頗有自信地呵呵笑。

「這星期的週末，我已經跟他約好要見面了！修二應該不至於在前一刻爽約才對！」

她如此斷言。這麼說來，他們早就約好要在九月的第二個禮拜見面。可是之後泉馬上又自信缺缺地開口。

「……我是這麼想的。」

「不是吧，居然那麼沒自信？」

一方面是想逗大家笑，我努力用調侃的語氣吐槽。就是像中村或水澤用過的「捉弄人」技能。當我這麼做，水澤便咯咯笑。

「不，應該不至於臨時爽約吧。」接著又像在開泉的玩笑，他補上一句「……應該不會。」

「喂！阿弘你要有點自信啊！」

泉的反應讓大家笑出來。嗯，像這樣放在一起作比較，讓我有所體認，自己跟水澤在捉弄人的技術上還是有落差。我要加油。

這時將手撐在下巴上的日南朝泉看去。

「不過——小考時間是在後天，也就是星期四喔？不用在苦讀之前跟修二確認一下？」

日南要說的是這個意思，若是沒有獲得中村許可，就算在這努力將數學考到九十分以上，或許也沒辦法拿來說服他媽——換句話說，我們努力可能會做白工。

但那不算什麼。這個時候，泉的答案肯定只有一個。

「嗯。最後或許派不上任何用場，但能做的事情，我都想先做做看。」

「……這樣啊。」

畢竟就算知道那些可能都會變成「白做工」，泉還是會將想要幫助中村的心情擺在第一位吧。怎麼樣，日南？這就是以「想做的事」為主的生存之道。

就這樣，事情暫時告一段落，日南開始針對這次事件做總結。

「那接下來就看修二怎麼想了！要是他被優鈴說服，我們就照剛才的作戰計畫走，去說服他的媽媽，想辦法解決這件事情。假如行不通……我們再想別的辦法！」

「好啊！」

泉帶著閃閃發光的笑容點頭回應，作戰會議到此結束。

＊　＊　＊

那天夜裡，我來到自己房間的桌子前。

除了讀數學，我一面回想今天發生的事。

日南解決問題的方式實在太過講究邏輯，讓我好驚訝。但讓人印象更深刻的是這個——泉對於「想做的事情」非常直率。

泉想行動的理由，「想要幫助他」的那份心情，乍看之下好像只適用在泉身上，但事實上跟我至今看過的某些東西有異曲同工之妙。

那一定不只適用在泉身上——

這個時候在我心裡，菊池同學在咖啡廳說過的某句話、這次泉之所以會採取行動的理由開始互相接軌。

「……這麼說來。」

我有一個小小的發現。

有別於「不想被人看扁」，這是另外一個線索，若是這個假說成立，可能會成為又一個用於攻略紺野繪里香的強大武器。

如此一來，我反倒該把思考重點放在這方面。

但這樣恐怕還不夠周全。剛才那些發現或許能用來對付紺野繪里香的另一個弱點，但威力卻不夠強大，不足以一擊斃命。只是這點程度的弓箭罷了。

那我現在就要強化這把弓箭……還是說——

想著想著，夜也深了。

＊　＊　＊

隔天放學後。

今天我們沒有開平常放學後會開的會議，而是召開別的集會。

也就是——日南要教我跟泉數學的讀書會。

「啊——對對，只要將它代入那裡……是不是就有了？」

「原來是這樣。」

不愧是日南，連教學都做得這麼好，馬上就看出我在哪邊卡關、是哪裡不懂，立刻指出關鍵所在，讓我解除疑惑。而且不是直接將答案告訴我，而是讓我自行意會、自行解決，可以真的看懂，採行誘導式教學，讓人印象深刻。感覺會成為不錯的家庭教師。而且人又長得漂亮。

嗯，透過這麼完美的教法，不管是誰，成績都會扶搖直上——我個人是這麼想的，但這裡卻有一人例外。

「那、那個……代入這個X？」

有人的腦袋都快冒煙了，那個人當然就是泉。

「嗯、嗯嗯。接下來，只要用剛才說的公式2就可以了……」

「用、用公式2啊！我看看……這、這個是什麼意思？」

「那、那個，這是……」

「嗯……抱、抱歉。」

看樣子好像比預料中更不順，泉越來越洩氣，最後甚至開口道歉。氣氛變得有些凝重。

接著日南看向那樣的泉，說話時露出半開玩笑又調皮的笑容。

「優鈴……虧妳能考進我們這所高中？」

「妳、妳少煩了～！」

後來她們兩個就開始偷笑，氣氛緩和下來。

喔喔。這段互動看起來沒什麼，可是剛才那招有點厲害。

簡單講，剛才日南做的事如下，泉覺得自己跟不上日南的教學感到很抱歉，日南沒有說「不要緊，沒關係」來打圓場，反而出聲調侃她跟不上進度的部分，用這種方式緩和氣氛，屬於高端技能。

不過說真的，這樣更有「我不介意」的感覺。若是表現出游刃有餘的態度，或是打圓場說「沒關係！」這樣反倒讓人更介意，很容易使場面變得尷尬，剛才那麼做反而能導出更棒的結果。對現在的我來說，那樣的技能還太高段，我學不來。肯定要把語氣跟表情都完美運用才能釋出這種技巧，若是讓我來做會好像落井下石一樣，讓對方受到更大的心靈創傷吧。

這時泉雙手交握在頭頂上，邊伸懶腰邊開口。

「我碰巧在北辰測驗上取得好成績，就以類免試入學的方式進來……而且志願校只填這裡。」

「啊，原來是這樣？」

我在旁邊聽到這段對話，一些念頭在腦海中浮現。出現了，埼玉縣的謎樣升學系統「類免試入學」。每年會定期舉辦好幾次的「北辰測驗」，縣內的中學生會一起參加這場學力測驗，只要在測驗中取得好成績，拿著這個成績去接受高中會考，「幾乎就能確定」會通過考試，是一種特殊的升學管道。

取出成績比較好的兩次進行平均，數值若超過規定的成績值，幾乎就能確定會上這所學校，大概是這個樣子。順便說一下，比起選填多項志願，只填一樣志願的情況下，規定的成績值標準線會下降，泉走狗屎運，透過兩次成績平均加單一志願的合體技進入這所高中，八成是這樣。這就是埼玉的黑暗面。

「嗯……可是，我慢慢搞懂了！不愧是葵老師！」

這讓日南面有難色。

「嗯——可是我差不多該去參加社團活動了。優鈴妳不用去嗎？」

「啊！對喔！差不多該過去了！」

泉邊說邊慌慌張張地打開書包，開始做準備。

「那之後大家就各自回去自主學習吧？」

這句話說完，日南迅速將筆記本收好，將早就準備好的行李背到肩膀上。幹這種事的手法依然那麼漂亮。

「說、說得對……」

泉有點不安地蓋上筆記本，將它收進書包裡。

可是該怎麼說，照剛才的情況看來，泉從現在開始到明天要自食其力讀書並考取九十分似乎不容易。恐怕日南覺得照這次的作戰計畫走，只要我跟她兩個人都考到九十分就夠了，認為泉沒拿出成果也無所謂吧。因此她用不著做多餘的努力。好吧，就解決問題而言，確實是那樣沒錯。

不過，我認為現在最該避免的是這個——不能讓泉「想做的事」落空，也就是沒讓泉考到預計要取得的分數。其實這種想法毫無根據，但我心裡卻沒來由冒出那種直覺，產生那種情感。

——所以。

「我說——日南。」

「……嗯？什麼事？」

在做出回應前，日南微妙地停頓一會兒，同時轉頭看我。也許她心中已經出現不祥的預感。那妳就猜對了，NO NAME。

我想辦法讓自己不要露出奸笑，裝出困惑的表情，試著做出這種提議。

「其實是這樣的，有些地方我還不是很有把握，等社團活動結束，可以再稍微教一下嗎？去家庭式餐廳之類的。」

「……這個嘛，可是我的社團活動會弄到很晚喔？」

日南說話時有些猶豫。

「沒關係，我打算在圖書室讀書，等妳練完就可以過去找妳。」

「啊，原來是這樣？」

日南說話時露出不大能夠接受的表情。不過，接下來才是我做此提議的根本用意。

我的目光落到泉身上。

「要是沒把握，泉要不要一起來？」

此時泉雙眼綻放光芒。

「若是葵沒問題，可以一起過去學習就太好了！」

那雙眼真的很好懂，眼裡的光芒有夠明顯，可以看出她打心底覺得日南值得依靠。

既然泉都這麼表示了，要拒絕她難如登天。昨天已經有過好幾次經驗。

「……嗯，那就大家一起唸書吧！」

滿臉笑意的日南露出完美笑容，接受我們的提議。她八成在心裡咒罵，但是沒關係，這下泉要考到目標分數的可能性就提升了。

就這樣，泉已進入閃亮亮狀態，我借用她的力量再次成功說服日南，後來我在圖書館努力自習一陣子，再到我們放學回家途中會經過的某個家庭式餐廳集合，接受日南那超淺顯易懂的教學，然後才回到家裡。

好了，能做的事都做了，再來就等明天的考試到來。

話說回來，基於「自身意願」採取的行動果然讓人樂在其中，總覺得周遭景色看起來都變得特別耀眼。我想，這肯定不是我的錯覺。

＊＊＊

時間來到考試當天。要上數學課之前，有段休息時間。

泉緊張到渾身緊繃。

眼睛下方出現明顯的熊貓眼，可能是想趕走睡意，她手裡拿著罐裝黑咖啡，一直小口小口地喝著。每喝一口都會皺起眉頭，我看她其實沒辦法喝那個，只是買來嘗試一下，喝個形式。

「嗚……真、真的沒問題嗎……」

除了像隻小狗般瑟瑟發抖，泉還重複觀看從昨天開始就拿來學數學用的筆記。

「沒問題啦！妳都那麼努力了！」

「對、對啊對啊，是說我也很不安……」

「我說友崎同學，這個時候應該要鼓勵優鈴吧？」

「咦？對喔，說、說得也是……嗯。不會有事的，泉。」

「不對先等一下，那樣根本就沒有說服力！」

「總之優鈴，昨天有先講大概會考哪些，最後把這些再看一看會比較好喔？」

「嗯！也、也對！」

「對、對喔！」

「這句話又不是對友崎同學說的……」

我跟泉雖然像這樣說個沒完，但還是重新複習那些筆記，最後休息時間終於結束。

一開始上課，數學老師馬上就把考試卷發下來，我們開始考試。

我開始寫下密密麻麻滿是數字的答案。我比平常還要緊張一些，將考題一一解開。

跟之前那些小考相比，這次的難度好像比較高一點。可是日南已經教過我了，基本上我在很有自信的狀態下將那些考題全都解開。

日南事先有幫我們猜題，其中有少數幾題都猜到了。嗯。我的數學不是很好，但這次應該考得很不錯。

考試時間結束。考試卷都被收回去，老師將那些大致確認一遍。

這段期間，我小聲找泉說話。

「……考得怎樣？」

當我問完，泉癟著嘴點頭如搗蒜。

「不是說完全沒自信。嗯。但我也不是很清楚。」

她這話說得好直接，現在是怎樣。

「那……總之我們先等考卷發回來吧。」

「嗯，也對，嗯。」

「……好。」

是因為用了平常都沒在用的腦袋，還是對考試結果感到不安？這點我不得而知，姑且不管整個人莫名僵硬的泉，我將注意力拉回課堂上。

不過……低空飛過也沒關係，希望泉能達成目標。

＊　＊　＊

時間來到隔天。

這下我無地自容了。

「恭喜妳——優鈴！不愧是我的學生！」

「謝謝！這次真的是多虧葵幫忙〜〜！」

泉過去抱住日南，日南則摸摸她的頭當作誇獎。今天就連泉都沒說「我不是小孩子！」拒絕被人這樣對待，她就直接接受了。

數學考卷發回來之後，後面接了一段休息時間，包含水澤和竹井在內，我們五個人聚在一起，在那確認其中三個人的考試成績。我跟泉就坐在隔壁，在數學課上已經看過彼此的成績。

而最重要的結果如下——

日南一百分。

泉九十分。

我八十五分。

也就是說除了我之外，其他人都達到目標，這場作戰計畫就此落幕。還什麼「就算低空飛過也沒關係，希望泉能達成目標」。反倒是我只差一點點，跟目標擦身而過。

「小臂別在意！」

「文也……好吧，其實你考的分數也不差……」

「少、少囉嗦！都說我數學很爛了！」

我半是自暴自棄地吐槽，那四人聽了哈哈大笑。喔，大家很買帳。是因為我反覆練習，所以技能的效果範圍才慢慢提升嗎？要是繼續下去讓範圍擴張到整個班級，那可就變成強大的技能了。

這時日南有些雀躍地開口。

「可是這樣一來，九十分以上的就有兩個人，還有友崎同學……雖然沒有達到目標，但分數還是不錯，這樣應該能夠順利說服！」

她會擺出那麼高興的表情，我覺得並不是因為要拿來說服別人的材料都齊備了，而是只有我一個人考低分，嗜虐的她為此感到開心。我確定只是因為這樣，但還是向泉點點頭。

「那麼……接下來只要跟中村告知這個作戰計畫就可以了。」

「嗯。就是這樣！」

泉一副達成心願、了無遺憾的樣子，用充滿開闊感的表情向我點頭回應。

話說回來，她真的好厲害。原本數學爛成那樣，只是因為想幫助人就努力做到這種地步。該怎麼說，感覺這是泉特有的才能。是說我成績考最爛還在那裡瞎講什麼。

這時日南用力拍拍泉的背。

「那這個週末就拜託妳說服修二了！優鈴！」

「嗯！包在我身上！」

泉說完咚咚地拍拍胸脯，總覺得她脫胎換骨、好像變可靠了，泉在強角的路上彷彿又向上爬升一階，還有剛才被她拍打的地方似乎有點搖晃。說真的，我到底在說什麼。

＊　＊　＊

新的一星期來臨，現在是星期一。跟日南的會議也開得差不多了，我朝教室前進，包含日南在內，針對中村問題開會的成員早就出現在那，於教室後方靠窗處交談。這個星期六泉去見中村，大家在問結果吧。

「小臂你未免太慢了吧～～！」

「喔、喔喔，抱歉。」

其實我早在之前就去第二服裝室，是讓日南先回教室才會變成這樣……想到這邊就覺得有點委屈，但這也是沒辦法的事，所以我就老實道歉。

「我有跟修二確實傳達了！說我雖然不在行但還是拚命讀書考到九十分，結果他超傻眼，跟我說『妳白痴喔』！九十分哪裡白痴？」

「不，我想應該不是那個意思。」

我立刻發動吐槽，接著泉突然露出開朗的笑容。

「不過，他確實應允我們了。說隨便我們！所以今天要去修二的家，大家一起討論要怎麼執行作戰計畫！」

「哦哦，是這樣啊！」

「沒錯沒錯！」

原來中村的「隨便我們」代表「應允」？現充的語言還真難懂，雖然這麼想，我還是為這個好消息打心底感到開心。

而我看著一臉開心的泉，這才想起還有另一件讓人一直感到在意的事。

「對了……那約會也順利嗎？」

我直截了當地問了。

「那又不是約會！」

說這話的同時，泉滿臉通紅。她的弱點果然是戀愛話題。不對，每個人都是這樣吧。

「我也很在意這件事～！優鈴鈴，那部分到底發展得怎樣！」

「不、不，這個嘛……」

泉正支吾其詞——突然間，一隻輪廓粗獷的手胡亂抓住那顆頭。染成漂亮茶色的秀髮被人弄得亂糟糟。

「嗨。」

仔細一看，抓住頭的手正為中村所有。什麼，是中村!?我下意識看了第二遍。就是他沒錯。

在大家的注視下，中村的手從泉頭上挪開。至於竹井，不知為何他已經變得淚眼汪汪。

「……修二～～～！」

緊接著直接過去用兩手猛搖他的肩膀，中村的腦袋隨之胡亂搖晃。他的表情看起來超不爽，但中村還是乖乖接受這一切。

「……夠了，再不住手小心我扁你——」

他邊說邊輕戳竹井。竹井嘴上說「好痛！」卻仍掛著滿臉笑容，看起來超開心。

是說這樣啊。中村來上學了。

也就是說，日南用不著實行作戰計畫，就在這一刻問題已經解決了。

「嗨。大概一個禮拜沒見了吧？」

水澤帶著淺笑望向中村。

「我說你們幾個，不過是蹺課罷了，未免太誇張了吧。為了說服佳子努力讀書，莫名其妙。」

中村說這話的時候胡亂搔著頭。

「咦──這算什麼～？大家是為了修二著想才那麼努力耶～？」

這時日南半開玩笑地用手肘輕輕撞中村。日南果然是能自然而然調侃中村的少數人之一。我之前也為了課題捉弄過好幾次，卻沒辦法做得那麼自然。

「是謝謝喔──話說妳原本就考那麼好吧。」

「咦──錯了錯了，我可是有另外付出努力教人呢？」

「好啦知道了。真是的，又沒人拜託你們──」

中村一面感謝卻不忘唸個幾句。那麼做是有些道理，但你們可別亂來，是這個意思嗎？我學到了。

而一旁的泉正害羞地偷看中村。

「……早安。」

那只對這個集團裡的某個人說，細小的聲音惹人憐愛、夾雜著一絲嘆息，當事人紅著臉抬眼看向中村，嘴裡如此說道。

「……早。」

就連中村似乎也有點被電到，他有些害羞別開目光。你們兩個只是道早安也能親熱成這樣，溝通能力到底是有多強啊。不過，即便是那個遲鈍的中村，他也發現泉這幾天很努力吧。怪不得會害羞。

但中村很快就找回步調。

「我說妳，未免也太雞婆了吧，小考考九十分特地跑來說是怎樣。」

他也對泉惡言相向。真是一點都不坦率。

「什麼!?虧人家那麼擔心你，居然說這種話!?」

「妳每次都在不及格邊緣，為這種事努力也太奇怪。」

中村潑她冷水。可是，是我多心了嗎？在那眼眸深處有著莫名溫柔的光芒，一點都不像中村。

「這算什麼好過分!?說來說去始作俑者都是修二吧！」

「是是。總之我之後不會蹺課，你們用不著再做什麼奇怪的事。」

接著，中村用手指彈泉的額頭，一面用開玩笑的語氣說著。

「好痛！討厭——！」

雖然泉出聲抗議，中村卻老早看向水澤，開始講別的事情。中村背對泉，泉注視他的眼神有點像在生氣，但又有種安心的感覺。

——看著這一幕，我發現一件事。

中村會像現在這樣又回到學校，與其說是日南講求邏輯的作戰計畫成功，倒不如說——

都是因為泉埋頭努力的關係。她單純只是想「幫助中村」，中村本人也感受到了。原因其實就出在這吧。

不知怎麼的，這件事讓我非常開心。

過沒多久，上課鐘聲響了。大家看起來似乎還想繼續聊下去，但還是各自回到自己的座位上。

在老師到教室之前，還有一小段等待期。教室裡有許多人正在交頭接耳講悄悄話，這時隔壁傳來一聲「對了……友崎」。

「……嗯？」

我轉頭一看，只見泉的表情有些呆愣，但是又帶著些許熱情，正盯著斜下方看。

「呃——怎麼啦？」

泉看起來跟平常不太一樣，當我這麼問，泉身上的熱情又多了幾分，放在桌子上握住自動筆的手用力握緊。

「那個——剛才我想到一件事。」

她似乎已經回神了，模樣看起來很沉穩，語氣聽起來卻像是打從心底感到雀躍，嘴裡吐出這句話。

「想到一件事……是什麼？」

經我回問，泉慢慢轉頭看我，目不轉睛地望著我的眼，然後簡短回應「跟你說——」。

她的目光非常堅定，最近泉似乎不容易隨波逐流了，但現在的她感覺更加穩健——這使我想起菊池同學在大宮咖啡廳說過的話，「感覺比以前更率直、更積極」。

如今的泉就給人那種感覺。

「之前我一直拿不定主意……不曉得該不該幫平林同學。」

「嗯……是有這回事。」

我點點頭。

「可是那樣一來就跟照繪里香的話辦事沒兩樣。會隨波逐流，變成讓人討厭的自己。」

雖然笨拙，泉還是將自己的心聲一點一滴具體說出。

「嗯……妳有提過。」

看到那個樣子，我知道泉心裡已經有了答案，那我該做的事就只有傾聽——也就是說，我要有弱角該有的樣子，不去打岔，要把那些心聲仔細聽完。

「可是……我覺得現在不一樣了。」

「不一樣是指？」

這時泉用左手緊緊握住右手的手指。

「我想幫助修二……所以做了不少事情。」

「是啊。」

泉就像在確認內心的感觸。

「自告奮勇說自己想全程參與，還努力學習數學，受到葵跟大家的幫忙……感覺自己有點傻，不計後果一股腦猛衝。覺得自己未免太拚了吧？」

像要掩飾那份害臊，最後泉用半開玩笑的語氣補充。

「嗯，說得對。妳超亂來。」

我也不禁面帶苦笑回應。

然後我開始回顧最近的泉。的確，能夠理所當然地說服那個日南，簡直就是拚到無法無天了。再加上她超努力學習數學。

「啊哈哈，我就說嘛。但我也有在反省就是了，覺得自己有點太失控……」

「哈哈哈……是這樣啊？」

好吧，從某個角度來看，她似乎已經把合理性拋到腦後了。

「不過，我那麼拚命……然後今天修二就回來了，這才讓我明白。」

「……明白什麼？」

被我回問，泉就像在審視自己的內心，目光落在胸前。

「雖然不用多做解釋……但我是因為想幫助修二才那麼做對吧？」

「……是啊。」

「不是因為別人要求我去做才有所行動吧？」

「嗯，沒錯。」

這時泉深吸一口氣。

「所以我覺得平林同學的事也一樣，只要那麼做就好了。」

「……只要那麼做是指？」

在我反問之後，泉面向這邊大力點頭。

「雖然繪里香要我當隊長，但我用不著在意那種事。我——我想幫助平林同學，所以才出手幫忙。這樣就夠了！」

這句話讓我有些驚訝。

「這樣啊……也就是說，妳要照真實心意做對吧。」

泉再次大大地頷首。

「嗯，當下氛圍怎樣根本不重要。想幫就幫，這樣不就得了。因為我就是想那麼做！」

泉的語氣和表情柔中帶剛，就像柳樹一樣柔韌蒼勁。

這時泉看向人在教室前方的平林同學。

「所以說，雖然為時已晚，但我還是要去說說看，看能不能改成讓我當隊長。要是她依然說自己想當，那就交給她做；可是畢竟是被繪里香強迫的，我想平林同學應該很難受。」

那句話充滿決心，彷彿一切都已撥雲見日。

「……這樣啊，那麼做或許是更好的辦法。」

「就是啊。嗯……友崎謝謝你，聽我說了許多！讓人有種豁然開朗的感覺！」

聲音雖小卻很有朝氣，泉巧妙運用這樣的語調向我道謝。如太陽般閃耀且充滿魅力的笑容將我照亮。

「不……那個——別客氣。」

「嗯！啊。還有一件事。」她接著壓低音量。「我們也要努力讓繪里香提起幹勁喔。」

她露出調皮的笑容，半開玩笑地豎起大拇指。

這個表情就跟向日葵一樣開朗，但總覺得這樣才像泉，裡頭充滿光輝。

此時老師進到教室裡，開始上課。我抓準最後這一段空檔，朝泉點頭回應。

「說得對！」

泉看了也露出微笑，接著就面向前方。

話說回來——原來是這樣啊。

慢慢地，我點了好幾次頭。

班上同學推來推去，「想要其他人當隊長」，泉處在這樣的氛圍下。

差點被班上女王直接點名、趕鴨子上架變成隊長。

前提是泉自己並沒有很想做這份工作，可以的話只想避免。

換句話說——若是她要接下這份工作，那她就等同犧牲自己去做不想做的工作。

然而泉還是想「幫助某個人」，「出於自身意志選擇」。

這不是隨波逐流，也不是受誰所逼。

而是出於堅定的意志，是這股力量讓自己做出選擇、決定付諸行動。

「幫助有困難的人」、「接下大家不想做的工作」，從這種角度來看反倒會覺得泉在做的事情——跟不久前的她沒兩樣，是在開倒車。

看在旁人眼裡，這樣的改變根本稱不上劇烈。

而泉靠自己的力量悟出這個道理。

可是這對現在的泉來說，那是她「主動想做的事情」。

所以泉再也不迷惘，能抱持堅定的自信，走在屬於自己的道路上。

我發現這件事，因此對於靠自身力量掌握這點的泉優鈴——

「哎呀……她真是一個強角。」

——對於這個人的強大之處不禁感佩，讓我大大地頷首，嘴邊輕聲呢喃。

4 看起來沒辦法打死的頭目也一定會有弱點

中村來上學讓大家好興奮，現在是第一節課的下課時間。除了中村集團的三人小組，還加上我、日南和泉，我們聚在一起，像是要把上課前沒講完的話聊完，我們在教室後方靠窗處熱熱鬧鬧地聊天。

說時遲那時快。

教室前方突然傳來又高又響亮的聲音。

「修二，你總算來了？未免蹺課蹺太凶了吧——？」

仔細一看發現說話的人正是紺野繪里香。她翹腳坐在桌子上，嘴裡發出吵鬧的笑聲，儼然一副辣妹樣。

「算是吧，看心情？」

當中村用強硬的語氣不以為意地回話，紺野繪里香居然從桌子上下來，帶著兩個跟班朝這邊大剌剌走來。

「你蹺課是在蹺什麼——懶得來上學？」

就這樣，這裡已經有一起開過作戰會議的成員，就在此處——教室後方靠窗處，那些人跟紺野繪里香集團裡的部分成員碰上。換句話說，現在在這裡的成員有

日南、中村、水澤、竹井、泉、紺野繪里香，加上女王的兩名跟班，再來就是我。哇——總共有九個人，卻只有我是弱角。突然有種莫名尷尬的感覺。疏離感超強。讓我自然而然萌生不能開口說話的念頭。

「嗯——有時候難免會這樣吧。不會留級就好啦？」

中村用充滿壓迫感的語氣回應。在舊校長室的時候也是這樣，紺野跟中村的對話總是讓人覺得很可怕……

話說現在這個狀況根本是難度開到最強。要說現在的我能做什麼——大概就只有觀察吧。我是很想努力融入他們，但實在沒辦法。因為我曾經狂嗆這位女王，而且又沒辦法替這件事圓場。這樣不就糟糕了？真想用不突兀的方式從這裡悄悄消失。

「是說友崎為什麼在這裡？根本不搭吧？」

才想到一半就被人完美指名，對方還明目張膽說我是弱角。快住手。我自己也很清楚，已經很想從現場消失了，拜託妳別把傷口越弄越大。我完全同意她的看法，這句話對我很管用。話說紺野繪里香同學，妳果然還在為當時那件事記仇吧。可是這也情有可原，畢竟我罵得超難聽。

「少、少囉唆——我哪裡不搭，腳明明搭在地面上。」

緊接著我試圖反擊，也做過說話用調侃語氣的練習了，有點想跟她對戰——出於這種不服輸的玩家心態，我說出非常無聊的話。人家說我不搭，我卻用這句話回對方，簡直是世界第一無聊。

「……啊？」

結果對方用眉頭皺超緊的強烈目光瞪我，害我喪失鬥志。就好像被蛇盯上的青蛙。不對，應該是被惡龍盯上的村民B。我不行了。完了完了。

這副模樣讓水澤面露苦笑，同時抬手指向紺野繪里香的頭髮。

「對了繪里香，這是妳自己燙的？」

「啊，看得出來？不愧是孝弘。」

這讓紺野摸摸自己的頭髮。

「看得出來啊。不過妳的手藝還真好，僅次於我。」

「啊？吵死了——」

對話就這樣流暢地進行下去。話說水澤果然厲害。除了對準紺野的罩門「美容」下手，還用絕妙的手法混雜一點調侃，在對話中順利掌握主導權——想到這邊，我靈光一閃。只要透過觀察就能分析那方面的事，這表示我有很大的成長，或許是吧。因為我最近每天都不忘觀察，才能發現一些細節吧。

「怎麼？妳在省燙頭髮的錢？」這時中村插嘴了。

「啊？我只是想省錢來買衣服嘛，對吧優鈴？」

「嗯，前陣子我們有一起去買過呢~我最近的物慾真嚇人……」

「我懂！我也食慾旺盛……」日南跟著接話。

「不對，葵只針對起司吧？」水澤接著吐槽。

「啊哈哈，被發現了？」

「跟葵一起出去玩的時候，點起司的機率真的超高～！」

如此這般，對話開始飛快進行。雖然自己沒辦法參加，但我還是拚命觀察。

將我排除在外，就他們八個人大聊特聊。既然不能參加，那我就仔細觀察細節，一直觀察到最後，我發現幾件事。

透過他們看人的目光、說話內容和當下的表情，加上之前獲得的情報，從各方面推測，我隱約察覺某些事——

假如這些發現都是正確的，我的直覺告訴我要完成日南出的「習題」，那可能是最後關鍵。

＊　＊　＊

這天要換教室前，我們有段休息時間。我來到睽違已久的圖書館。

最近都在為那個課題奔波，再加上可以選在假日見面，所以我遲遲沒有到圖書館報到，但我今天有事想跟菊池同學說。

我慢慢把門打開、朝裡頭觀望，菊池同學就坐在平常那張桌子前面，坐在平常那張椅子上，靜靜地看著書本。當菊池同學被書本圍繞，身上果然都會散發一種充滿智慧又神聖、純淨溫和的獨特存在感。若說她就像一把聖火，應該比較好懂吧。

因此在這種情況下，與其說菊池同學在圖書館裡，倒不如說有菊池同學才有圖書館會更貼切。

當我踏進菊池同學的世界裡，發現我到來的菊池同學與我對上眼。

我緩緩地、慢條斯理地走到她身邊，坐到隔壁的椅子上，相隔一秒後，我再次與菊池同學四目相對。那抹溫和的微笑彷彿秋日夜空般沉靜，就這樣射中我的心。

「……你好。」

菊池同學向我打招呼，就好像用指甲輕輕彈奏教會的鐘鈴，那聲音聽起來纖細幽玄，同時散發一種高雅的感覺，讓人身心舒暢。

「……妳好。」

於是我便讓來自肺部的氣息靜靜地搖晃喉間聲帶，這些細微的震動透過喉嚨和鼻子等共鳴腔增幅，創造出來的聲音被我拿來向菊池同學回禮。

當然，我的聲音完全來自人體構造，光是來到這裡就有種回家的感覺，讓人差一點說出「我回來了」，讓我的心整個放鬆下來。

「有關中村同學的事，真是太好了。」

臉上帶著溫和的微笑，菊池同學道出這句話。

她提起的事就在今天發生，我心想「菊池同學果然有仔細觀察整個班級」，同時慢慢地點了點頭。

「……太好了。」

接著，菊池同學露出有點頑皮的笑容。

「在這件事情上，你也做了不少努力嘛？」

語氣裡帶點玩笑意味，但是卻很溫暖。最近菊池同學開始會用這種語調和表情說話。那不像小惡魔也不像天使，只是笑得有些頑皮，菊池同學開始笑得有人情味──感覺她好像慢慢敞開心房，我很高興。

「這個嘛，應該算有吧……」

「呵呵……果然是這樣。」

菊池同學露出甜美的笑容，這樣的舉動讓人覺得她好慈祥，像是對我全盤肯定，她緩緩地點頭。

「辛苦你了。」

然後她用這句話慰勞我的努力。

讓人有種光靠話語就被摸摸頭的錯覺，如此強大的母性將我包圍，我好像快要害羞起來了，應該說是徹頭徹尾感到害臊。為了掩飾這一點，我慌慌張張地開口。

「不、不過……這次好像都是泉在努力。」

「是泉同學……」

語畢，菊池同學將書本頂端輕輕地靠在下巴上，同時微微向上看，暫時陷入沉默、像在思考什麼。

「……怎麼了？」

我心頭小鹿亂撞，一面回問菊池同學，接著她不知為何滿臉通紅，朝四周東張西望，像在偷看什麼東西。雖然為數不多，但周遭還是有人。

之後菊池同學將剛才在看的書本輕輕貼在嘴上，就這樣將臉湊近我耳邊，對我說悄悄話。

「——泉同學跟中村同學兩情相悅對吧？」

這帶著喘息又過分惹人憐愛的囁嚅聲將本人左右腦一口氣融化，讓我變成一臺只會猛點頭的機器。

「嗯。」

腦漿過度加熱，光是要擠出這個毫無感情、語氣平板的字眼就費盡心力，除此之外完全沒辦法思考別的事情。我的精神力越耗越少掉到幾乎快歸零，應該這麼說，被過分強大的白魔法回復到遠遠超越容許值，造成反效果歸零，就類似這樣的狀態。我在說什麼。

這時菊池同學將書本抱在胸前，嘴裡發出輕笑。

「希望他們進展順利，那樣的情節讓我有點憧憬。」

面帶微笑祝福那兩人的戀情能夠開花結果，菊池同學的笑容沒有半點虛假，此外菊池同學也對戀愛抱持憧憬，這是多麼崇高的一件事，啊啊，感謝生下菊池同學的雙親，不對，必須感謝這顆地球，我不禁認真思考這件事。正確說來是為了讓滾燙的臉冷卻，我才想這麼壯大的事情來轉移注意力。

話說回來，我想到了。今天我想問的其中一件事就跟中村有關。

所以我又拿出正經八百的態度開口。

「那個……我又想問問菊池同學的意見，可以嗎？」

＊　＊　＊

那天放學後，我去第二服裝室報到。知道中村來上學之後，這是我首次跟日南開會。

會議才剛開始，日南突然就無預警嘆氣。

「好了。中村的事也告一段落，稍微回顧一下，之後希望你繼續專心處理跟紺野有關的課題。」

用手輕輕撫摸落在肩口上的頭髮，日南有氣無力地說著。該不會是遭受那些不合理的事情波及，進而累積壓力？

「這麼說也對。雖然走的路一點都不合邏輯，但就結果來說算是非常圓滿。」

我語帶挑釁和挖苦，這讓日南擺出好戰的笑容。

「哦。口才變好了？不過，你也刻意讓事情朝那個方向進展，要讓大家去做可能會付諸流水的努力，手法變很高超了嘛。」

對方面不改色地以牙還牙。於是我跟著用充滿酸意的語氣感謝她，嘴裡說了聲「多謝誇獎」。

「但我還是有點意見啦。」

希望能夠以我自己「想做的事情」為主，這可是被我擺在第一位。

下一刻日南「哦」了一聲，用有些認真的目光看我。

「像那種『不合理的事情』──這就是你所謂『真正想做的事』？」

當日南試探性地說完，她緊盯我的眼眸深處。

這時我有個想法。

現在一定是一個關鍵場面。

當時我曾經說到「真正想做的事情」。現在這個時候日南肯定在重新評估，看看這是否值得驗證。

因此我若是在這個節骨眼上說「光講究『合理性』很無聊，又很冷酷，有時會想追求『不合理』」──要是我說這種完全從感情出發的論調，到時日南就不會想驗證我所謂的「基於真實意願行動」吧。

先在自己的腦袋裡統整完，確定自己不會說錯話後，我接著開口。

「總之，這還只是一種假說……或是說類似諸多道理的其中一種。」

「……嗯。」

我說這話就像準備要「證明」，它可能讓我突破第一道關卡，日南擺出聆聽姿態並點點頭。對，要證明我所謂的「真實意願」論，必須照這傢伙的遊戲規則走，也就是必須用理論來證明。

「這次我想到的是——為了解決中村的問題，妳提出最合理、能夠最快解決的行動方案對吧？」

「沒錯。」

「可是我跟泉不時耍任性，所以妳沒辦法貫徹合理性。」

「就是那樣。也不想想我退讓多少次……」

日南邊說邊嘆氣，那個時候她果然覺得很累。希望這能夠成為剝下那傢伙堅硬假面具的第一步。

「是啊，妳退讓好幾次……不過。」

「不過什麼？」

日南做出回應，她凝望我的雙眼、就像在試探。

因此我說出那句話，為的是有所突破。

「假如妳不妥協，堅持要用自己的方式做到底……不覺得中村的問題會更慢解決嗎？」

這時日南眨眨眼。

「……你在說什麼，那是當然的吧？我原本就主張等到中村主動來拜託。」

我聽了搖搖頭。

「不只這些，包含之後的事也是。」

「……你說之後。」

所謂的之後就是——還沒獲得中村許可前，就先做幫助他的準備，在我們決定這麼做之後。

就算遇到這麼不合理的事，日南還是想貫徹合理性，就是在那之後的事。

「若是之後也按照妳說的去做，解決起來也會比這次更慢吧？因為妳想做的是去說服中村的母親，換句話說要採取合理行動來解決『禁止玩 AttaFami』的問題。」

「這話什麼意思？當下該解決的問題不就只有這個嗎？」

日南回得理所當然，然而我卻在這個時候抬手用力指向日南。

「可是到最後——『禁止玩 AttaFami』的問題並沒有解決吧？」

此時日南的嘴角再度愉悅地上揚，又一次緩緩點頭。

「原來如此，你想說的是這個。」

我跟著點頭回應。

「看來妳已經明白了。對，說到這次。吵架的真正原因『禁止玩 AttaFami』這個問題並沒有解決。不過展開作戰計畫後，都還沒過一個禮拜就把中村喚回學校了。

照妳的合理性來做，不會找到這條最快的捷徑。」

「嗯……原來如此。」

只見日南開心地挑眉。

「我想妳也看出來了，解決問題的關鍵是這個，泉『想要幫助中村』的心情。這份純粹的心意傳達給中村，雖然問題本身並沒有解決，但中村還是來上學了。照妳的方法做，只能先解決問題再把中村叫回學校。換句話說，還慢了那麼一點。」

「也對，這麼說也沒錯。」

日南雖然用手撐著臉頰，眼裡卻燃著熊熊鬥志，她用那雙眼看著我，我則與她四目相對。

「總歸一句，妳的做法歸納起來是這樣。從頭到尾只對自己訂立的『目標』做出合理安排，不會超出自己設定的路線。不過，靠直覺或『真實意願』行動，將能發現靠妳的『合理性』無法發現的最短捷徑。就好比這次。」

當我講完，日南再次點頭。

「嗯。也就是說，為了找出最短的捷徑，像你跟優鈴那樣，堅持『想做的事』才是最有效的，你想說的是這個吧。」

「對。」

我給出肯定答覆。

緊接著，日南將手放在嘴脣上思考一會兒，然後就帶著嗜虐的笑容開口。

「──好吧，給你六十分。」

這讓我發出「唔欸──？」的怪叫聲。

「怎、怎麼會這樣？」

當我問完，日南擺出極度從容的表情。

「你想想看，比起『合理性』，你更主張將『想做的事情』擺在第一位對吧？」

「咦？大概就是這樣，我剛才就那樣主張。」

等我回答完，日南搖搖頭。

「那不就奇怪了？你之所以認為把『想做的事情』擺在第一位較好，理由是『能找出最快的捷徑』對吧？」

「……是又怎樣。」

這時日南發出一聲嘆息，嘴裡說著「還不明白？」。

「認為將『想做的事情』擺在第一位較好是因為『能找到最快的捷徑』。可是就結果看來，那不就跟『因為符合邏輯所以很棒』是一樣的道理？」

「……啊。」

到這我才恍然大悟。

「你想主張『依循真實意願』──也就是『不合理的事』有多棒對吧？可是照你剛才的主張聽來，就像在說『跟妳的做法相比，我有更合理的方式！』不是嗎？這樣一來，你反倒變成比我更激進的合理主義者吧。」

確實是那樣沒錯。

只要「依循真實意願做事」就能獲得「講求合理性」得不到的好處！照理說我想表達的是這個，因此我應該已經提出照日南那套做法無法獲得的另一套價值說才對。然而不知不覺間我的主張卻變得酷似「優先去做想做的事情也不失合理性！」，到頭來被「講求合理性較好」這套價值觀吞噬。

「好、好像是那樣……」

我整個氣勢消弭。

看到我啞口無言，日南很滿意。她笑得好邪惡，看起來非常開心。

「看樣子你好像理解了，其實論述得還不錯，那下次要好好加油。想要主張『做想做的事情』有多棒，你必須提出照合理做法無法獲得的『某種收穫』。」

日南說話的語氣就像一個大姐姐，除了戳戳我的臉頰，她還溫柔地糾正我。

唔，可惡，真是屈辱。

「但、但是，要靠『合理性』找出最有效率的做法不容易吧。有些做法不是要先『照自己的意思行動』才能發現嗎？妳看，事實上，照妳的做法走就沒在這次做出成績……」

我開始難看地死纏爛打。

「聽好，那就不是『合理的做法』本身有瑕疵，只是我這次在設定目標的時候

不夠嚴謹。簡單講，這次都把焦點放在『解除AttaFami禁令』上，所以才會變成那樣，若是把目標限縮在『早日解決中村蹺課問題』上又會如何？就能跟這次一樣，透過精心策劃讓優鈴的真心誠意感動中村，能用的方法多得是吧？」

這時日南露出好勝的笑容。

「——至少我能想出不少。」

「嗚……」

我說不出話了。

的確，如果是這傢伙——就拿這次來舉例好了，假如把目標設定成「早日解決中村蹺課問題」，然後就像剛才說的那樣，讓泉打通電話關切、傳達自己的心意，或是利用心性率直的竹井去做些什麼——雖然我沒辦法想到那麼多點子就是了，但總之她應該能想出那類作戰計畫，做出成果的速度也會跟這次一樣快吧。

換成這傢伙，若是她在設定目標的時候沒有搞錯方向——在一般情況下，要達到某些境界只能靠「發自內心採取行動」和「無視合理性」引發的巧合，她卻能靠登峰造極的「講求邏輯」達成。

——沒錯。這就是她認可的「正道」。

設定目標時只追求「機械化、數值化效率」，有些人忽略「情感」，只顧著貫徹「錯誤的合理性」。

就連「情感」都透過「機械化、數值化」計算，用這種方式追求效率，將這些全都轉換成「邏輯性」的一部分，這就是魔王日南葵。

那麼對這傢伙來說，剛才我解釋過的「非合理性」就是多餘的。

再一次，看似愉快的日南用食指咚咚咚地敲打下巴。

「會給你六十分的理由就在這。總之，比起臨時拼湊又強行傳道的主張──也就是明明只停留在前提階段，都還沒釐清合理度，卻一股腦主張它很有道理，在那說三道四，與其變成那樣還不如像這次，感覺好上許多。你很想做出強而有力的證明，這點很有趣。」

儘管日南說得盛氣凌人，我卻無從反駁。

「……可、可是，那這次為什麼要設錯目標。中村能夠回學校才是最重要的，妳漏看這點對吧？不就是因為妳在思考的時候太過講究合理性？」

當我說完，日南嘴角高高揚起，露出有史以來最開心的表情。

「哎呀……這個嘛，反倒該說是『缺乏合理性』害我錯失重點呢？」

「……這、這是什麼意思？」

繼那句話之後，日南換上勝券在握的嘴臉。

「都怪我當時太想推翻『打AttaFami會變笨』這個想法。」

她說完就嗜虐地笑了。

「嗚……」

就是這個樣子，反倒是因為名為「AttaFami愛」的「非合理性」作祟才沒辦法那麼快解決問題，她都舉出這樣的實例了，我徹底慘敗。不行，太強了。

＊　＊　＊

時間來到當天晚上。

我跟家人一起吃晚餐，同時重新針對課題思考。

因為泉的努力，讓我看完靈光一閃，找到一把弓箭，應該能針對弱點攻擊，卻不足以一擊斃命。

若想用這個對付紺野，還需要動點手腳。

紺野繪里香希望「不會被人看扁」，以及中村來上學之後才讓我嗅到不對勁的地方。

我連結從這兩方面獲得的資訊，要完成還在半路上、靠我自己想出的作戰計畫。

那個計畫實在太像弱角才會提的，要是把內容告訴日南很擔心被罵，心裡有一絲不安。

但若要我來對付紺野繪里香這個魔王，就只有那個辦法可用。

這個作戰計畫非常單純。

要是沒辦法靠一根箭矢打倒——那在打倒她之前連續攻擊就行了。

我坐在床鋪上整理思緒，在腦子裡確認自己該做些什麼，之後閉上眼進入夢鄉。

隔天。

我跟日南說了，說早上開會要講從今天開始預計實施的紺野繪里香攻略計畫。

「關於這個課題，我想跟妳確認一下。」

「確認？」

我一面回想自己設計的作戰計畫，一面開口。

「前陣子開會的時候，妳曾經說過針對這次的課題，大可借用其他人的力量對吧？」

日南點點頭。

「沒錯。因為你這次要對付紺野繪里香那個強敵，光靠你一個人的技能應該不夠用吧。」

「說得對。」我跟著點頭。「……既然這樣，我想討論的就是『借用他人力量』。」

這時日南應了聲「好」，接著我緩緩開口。

「──那可以借用妳的力量嗎？」

這話一出，日南有些詫異。

「你說借用，要怎麼借？」

她說這話就像在做確認。

「那個啊。其實也沒什麼，不是要找妳商量，問說『該怎麼辦』……而是想問妳能不能照我的作戰計畫走，去『做某些事』。」

換句話說，就是由我握著操縱桿，然後把日南當成一個可以使用的角色操作，那樣我就能確實維持「玩家身分」。

「……原來是這樣。」日南先是恍然大悟地說了這句話，接著就稍微思考一會兒，她答「那麼做沒問題」。

「喔，真的嗎？」

只見日南點了點頭。

「真的。只不過，就算聽了作戰計畫覺得不會有好結果，我也不會插嘴。我只會聽命行事。就只有這樣喔？」

我點點頭做出回應。

「好，這樣就夠了。」

「很好。若不那樣就……」

日南話才說到一半，我就搶先指著她。

「否則這個課題就沒意義了，對吧？」

「……嗯，是那樣沒錯。」

看我這樣得寸進尺，日南答話語氣充滿濃濃的厭惡，但我並沒有放在心上。反正我早就知道她討厭我。

「啊，不過，就怕其他人不曉得會怎麼看妳，麻煩妳先確認一下。」

「這還用說。如果有問題，我根本就不會做。」

「那就好。那麼，我的作戰計畫是這樣——」

——在那之後，我跟日南告知自己的作戰計畫。

日南臉上的表情沒有變化，只是淡淡地點頭。

「嗯，只是做這點事情沒什麼問題。那從今天開始，這陣子我都會那麼做。」

「OK——拜託妳了。」

就這樣，日南也應允了，這天早上的會議到此結束。好了，今天還要做些事前準備才行。

會議結束，地點來到早上的教室。

我環顧整個班級，看樣子泉剛好也在這個時候過來，將書包嘿咻一聲放到桌子上。好，別錯過這個機會，去跟她說話吧。這是第二個事前準備。話說不曉得平林同學的事怎樣了，順便問一下吧。

「泉。」

「啊，友崎！」

當我向泉搭話，泉便用更大的音量叫我。

「怎、怎麼了？」

我做出困惑的回應，泉除了雄糾糾地敬禮，還一面跟我說話。

「我當上隊長了！」

「……喔喔！」

也就是說她昨天去找平林同學談，代替她成為球技大賽的隊長對吧。言出必行。知道自己未來該怎麼走的泉果然很強大。

「這樣啊，妳當上了。」

「嗯。果然沒錯，平林同學好像很難受。而且比賽當天，隊長好像還要安排選手上場順序或是計時之類的──她說自己對這些真的很沒把握。」

「……這樣啊，那能夠代替她真是太好了。」

「就是咩！」

泉人在興頭上，用奇怪的語氣表示認同。是因為太興奮的關係？

「啊，那友崎你有什麼事？」

「啊啊對了對了，其實是這樣的……」

我把音量壓低。

「嗯？」

「關於紺野繪里香的事——」

——接下來，我開始講述用來對付紺野繪里香的作戰計畫。

泉聽了面有難色。

「……唔——嗯，光靠這樣真的能成功嗎？」

她的反應實在不是很樂觀。不過，這也在意料之中。

「對，會有這樣的疑慮很正常。作戰計畫不是只有這樣而已——」

緊接著我針對這場作戰計畫的核心——也就是「連擊」系統進行說明。

「——原來如此，是這麼一回事啊！那樣我還能理解！搞不好會成功也說不定！」

「真、真的嗎⁉」

我彷彿看到一線希望，對泉的話激聲回應。

「不、不對吧，你自己應該要更有自信才對……」

「說、說得也是。」

泉錯愕的白眼朝我來襲。對喔，我要對自己有信心。但對手是紺野繪里香這樣的超級強角，我就是沒辦法產生信心……

不過沒關係，日南跟泉都要幫忙了，再來也跟水澤講作戰計畫就行了。

「嗯，希望能進展順利！」

聽泉這麼說，我點點頭。

「是啊，那我等一下也去跟水澤說。」

不料泉馬上火速——

「啊，還沒跟他講嗎？那就現在說吧。」

「咦？」

「阿弘——！」

速度快到跟反射動作不相上下，她出聲叫住正在跟中村集團成員一起聊天的水澤。不愧是泉。

「什麼事？」

水澤也不愧是水澤，他馬上脫離中村集團，朝這邊走過來。現充在這方面的溝通手法上果然很乾淨俐落。

「跟你說——！我現在跟友崎同學正在為球技大賽擬一些作戰計畫……」

「為球技大賽？這是哪招，男生跟女生明明分開比？」

水澤用一頭霧水的語氣說著，一下子看看我的臉，一下又看看泉的臉。雖然被那股氣勢壓過，但我還是努力振作，開始向水澤說明。

「呃——其實不是那樣。而是——」

——當我說明完畢，水澤面帶苦笑地開口。

「我有時會這麼想，沒想到你的個性很差勁呢？」

「少、少囉唆——」

他說的也有幾分中肯，所以我沒辦法大力吐槽。日南為達目標不擇手段，我好像有點被她傳染。

不過這次還是有依循我跟泉「想做的事」——「希望大家一起在球技大賽上同樂」，又沒有幹什麼十惡不赦的壞事，我個人覺得沒問題。我還是覺得定下的目標不是假目標就夠了。

「原來如此、原來是這樣，是說我大致明白了。只要跟優鈴一起做一些事情就可以了吧？」

「對，雖然不好意思，還是要拜託你們。」

「包在我們身上！就讓你看看察言觀色二人組的實力！」

「哈哈哈……ＯＫ——交給我們吧。」

就這樣，我順利委託這三人在背後做些小動作——其實我要做的事情就到此為止。

沒錯。這次作戰計畫我來想，要身體力行的部分都交給其他人。應該這麼說，我是等級很低的弱角，四處奔波、跑去蒐集打倒惡龍不可或缺的道具，再來就請幾位高手活用那些道具，大概就是這樣。感覺自己好像太混了，可是日南都准我借用其他人的力量了，也願意讓我來掌舵。基本上這次的作戰計畫已經獲得日南批准，應該算是有用心做習題了吧。

如此這般，我沉浸在暫時性的成就感中——

同時想起昨天在圖書館曾經跟菊池同學打聽一些事情，那些都成了這次作戰計畫的關鍵核心。

＊　＊　＊

「那個……我又想問問菊池同學的意見，可以嗎？」

聽到菊池同學在我耳邊說中村跟泉「兩情相悅」之後，我朝她如此詢問。

要問以前在咖啡廳聊過的事，跟紺野有關。

「好的……是什麼事？」

大概發現我的語氣很認真，菊池同學在書裡夾上書籤並將它放在桌子上，接著面向我。

「呃——謝謝。其實要聊的事跟之前一樣，與紺野繪里香有關……」

有三件事在我心裡仍處於推測階段，為了確定真偽，我開始摸索該從哪邊講起。

若是靠自己一個人實施的作戰計畫另當別論，這次完全仰賴他人力量作戰，我希望確實證明自己的推測才去委託他人。基於這樣的想法，我才想跟仔細觀察班上情況的菊池同學請教幾個問題。只是我一個人的猜測沒什麼可信度，但若有另一個人也懷抱相同看法，那樣可信度就會一口氣上升。

「那麼，該從哪裡開始問起……首先就問這個吧。」

「嗯。」

接著我先從三個問題挑出其中一樣，朝菊池同學如此問道。

「──前陣子在咖啡廳裡，妳曾說紺野繪里香『很為夥伴著想』對吧？」

「是的……」

菊池同學微微地點了點頭。

「為什麼……會這麼說？」

沒錯。前陣子菊池同學曾說「她不想被看扁」。像要打圓場，菊池同學補了一句像是「但她也很為夥伴著想……」之類的話。

我一開始以為這句話只是單純在打圓場，認為那並不是什麼真心話。可是仔細想想，就算是在打圓場好了，菊池同學也不是會輕易說出口是心非話語的人。後來我看到泉為了中村拚命努力，見識到那善解人意的一面，我才想起現充都有一個共同點。

例如在我家裡，水澤和深實實他們真心為泉和中村的戀愛問題煩惱，或是日南送我背包的時候，大概怕我會不好意思，才說要「交換胸針」，以及深實實要守護小玉玉就持續扮演小丑。

換句話說，現充──尤其是在集團裡位階較高的人，他們往往在本質上都較會體貼他人，這是我個人得出的經驗法則。

當然也是有例外，或許單純只是我身邊的現充碰巧是那樣罷了。不過，紺野繪里香也是其中一個頂端族群的首領。

將這些經驗法則跟菊池同學的話兩相對照，就算紺野平常讓人感到畏懼，不管怎麼說還是能從中找到一條活路。

「這個嘛……」

說完這句，菊池同學露出微笑。

可是那抹笑容看起來有點困擾——我馬上就知道原因了。

「舉例來說，跟紺野要好的人被別班女生看扁，為了袒護那個人，她會給這個女生苦頭吃……還有就是跟她要好的女孩子被男生甩掉，她會去攻擊這個男生……」

「啊……哈哈。」

以牙還牙以眼還眼，被人打就要打回去，那些橋段根本是在體現這種精神，我也只能苦笑以對，原來如此，這勉強也算是為同伴著想吧。雖然看起來也像單純是在攻擊他人，但仔細觀察會發現這也算為了同伴才採取行動。能夠看出這一點，菊池同學果然厲害。

於是就在這一刻，我想到第一個作戰計畫。

——要讓泉當面去跟紺野繪里香說她希望大家能在球技大賽上同樂。

這就是我做出的第一支箭矢。泉陪她去買過好幾次衣服，在我看來，在那個團體裡，跟紺野最要好的就是泉。要是由這個泉當面拜託，希望大家能「樂在其中」，那樣多少會有些作用吧。要是紺野「為同伴著想」就更不用說了。

這只要「當面訴說」就行了，說簡單是簡單，但訴說的對象是紺野繪里香，所以這個任務的難度其實挺高的。

因為泉有所成長，敢明確說出自己的意見，才能實施這樣的作戰計畫。

換句話說──泉變強了才能完成這支箭矢。

要感謝泉等級提升。

「謝謝……另外還有別的要問。」

「嗯……」

確定菊池同學點頭後，我接著問出這個疑問。

「──紺野繪里香似乎很在意日南，該說好像把她當成競爭對手？」

我說完等著看對方如何反應。

菊池同學似乎在猶豫該怎麼回答才好，視線稍微朝斜下方飄動。

「應該是吧……我也這麼認為。」

她同意了。很好。這下第二個推測也確定了。

「果然是……那樣。」

當紺野繪里香跟幾個跟班來和我們這幫人會合時，我就察覺這件事。

中村、水澤、竹井、日南、泉、紺野加上那兩個跟班，我從客觀角度觀察他們聊天的情況。後來發現只有紺野和日南幾乎沒有說上話。我本來就沒看過這兩人交談，然而她們甚至不看彼此，感覺很不自然。這兩個人明明會時常加入對話，這麼說來，她們感覺在刻意避開對方。

歸納後便可得知——這兩個集團的首領互不相讓，那一份看不見的堅持就隱藏在其中。

此外，假如雙方真的暗中較勁，絕不可能是由日南先起頭，單方面打造這種氛圍的人是紺野，日南迫於無奈只好配合。

這樣看來，不曉得紺野對日南的超強表現抱持敵意還是恐懼，總之她有的就是這類負面情感，拒絕跟日南有交集。可是總結看來，至今我一直認為紺野繪里香抱持某種「慾望」，也就是「不想被人小看」，依這種情感來做推測，她應該是為了「避免被比自己強的人看扁」。

換句話說，在班上所有的同學裡，紺野特別敵視日南葵。

如此一來，第二支箭矢就完成了。

——要讓紺野繪里香覺得「沒有在球技大賽上做出成果會被日南看扁」。

這是日南用來解決問題的方法，例如這次針對中村事件，她想藉著自身優異成續去提升AttaFami的評價，或是在學生會選舉上利用自己在田徑方面的成績，利用「自己一直以來累積的努力」將能發揮莫大效果，我有部分是受到這點啟發。而這次則是改用「日南在班上的高度地位」。

再來只要把事情都丟給日南做，巧妙煽動、讓紺野萌生剛才提到的那種想法，作戰計畫就算成功。要讓紺野的跟班說出「繪里香要去參加比賽？」、「懶得參賽交給我就好啦！」、「繪里香在這方面不太擅長吧？」。這些話透過跟班傳達給本人，多少會有些煽動效果。多謝日南願意去演這種岌岌可危的戲。

不過，不一定能發揮很大的效果。

這是因為，紺野若能將球技大賽看得很扁，扁到足以擊退日南給的下馬威，那樣她的「慾望」就實現了。

這時就要射出——第三支箭。

我又問菊池同學一個問題。

「還有……」

「……請說。」

我不曉得該怎麼開口才好——

「——紺野繪里香大概還喜歡中村吧？」

當我問完這句，菊池同學客氣地輕輕點頭。

「……我也這麼覺得。」

接著她給出肯定答覆。很好。這樣所有的碎片都拼湊起來了。

我會這麼想的原因很簡單。第一是曾經在舊校長室聽說她過去有跟中村告白；另一個就是這陣子中村隔很久才來學校上課，當時紺野繪里香有做出一些舉動。她主動走來我們這邊，加入我們的小圈圈。特地主動出擊——這點讓人覺得有點奇怪。此外，仔細想想，背後原因肯定很單純。

根本超簡單的。她想跟很久沒來學校的中村說話吧。不是把別人叫過去，而是自己主動出擊，想跟中村說話的意願就是這麼高。

不管怎麼說，這下最後一支箭也備妥了。

要讓水澤巧妙放話，讓紺野繪里香知道「中村好像喜歡愛運動的女生」。

聽起來好像很白痴，但有人說這招是最有效又單純的手段。

這點用不著再多做解釋了吧。只是要讓她認為「在球技大賽上努力就能被中村喜歡」。

說真的，利用這一點好像滿那個的，但是為了達成目的，這也是沒辦法的事，我就不鑽牛角尖了。

就是這個樣子，以上就是我準備的作戰計畫表，會準備三個是有原因的。

因為在卡拉ＯＫ SEVENTH 跟小鶇商量的時候，她說過那句話。

攻略紺野繪里香的最大關鍵是什麼，和她同族的小鶇已經跟我說過了。

「要讓皇后有所行動，你必須提升讓人努力的CP值！」

對。就是努力的CP值。

歸納起來如下。

慾望一「想要讓身為夥伴的泉開心」。

慾望二「不想被日南葵看扁」。

慾望三「希望能給中村好印象」。

蒐集情報後得知紺野繪里香心裡恐怕有這三個慾望。

我要創造一個情境，只要努力「在球技大賽上賣命」就能滿足所有慾望。

那樣一來，「球技大賽」就很有努力的價值——想法就會變成這樣。

就算每個動機都不太有力，加在一起卻變得很強勁。CP值很高。

只要CP值夠高，跟小鶇同為懶惰星居民的紺野繪里香就會——採取行動。

這就是這次我拜託許多人出力協助才完成的紺野繪里香攻略計畫。

再來只要觀察射出去的三支箭會如何改變整個氛圍就行了。

＊　＊　＊

結束用來對付紺野繪里香的作戰準備後，一切開始實施，接著幾天過去。

班上女生對球技大賽的態度出現劇烈轉變——雖不至於到這種地步，但確實出現變化。

「對了優鈴——比賽項目已經決定了嗎？」

「啊，已經決定囉！下一次開場班會就會發表，我們要比壘球！」

「啊——是喔？」

「嗯。其他年級也想比籃球，所以我猜拳猜輸了，之後的壘球不用猜拳，馬上就決定了——」

「是喔——了解——」

像剛才那樣針對比賽項目提問的人正是紺野繪里香，氣氛改變多大可想而知。之前紺野根本漠不關心，現在卻會刻意問比賽項目。雖然之後只說了一聲「是喔——」，感覺意願並沒有很高，但那應該只是她刻意做出這種表現，我覺得這依然是很大的變化。

「那投手要讓誰當？由紀？」

「咦——我有打過壘球，可是當三壘手——」

「但是又找不到其他人？」

大概是在回應紺野吧，紺野集團的成員也慢慢對球技大賽展露意願。某些人是在配合紺野，也有一些人原本就很想參加，但有紺野繪里香在才不敢表現出來吧。

總而言之，創造氛圍的人一旦轉變方向，隨之起舞的集團氣氛也會轉眼間改變。之前中村不在的時候，討論會上的集團氛圍一盤散沙，正好與前述恰恰相反。核心人物若是明確指出一個方向，整個集團就會團結起來。

如此一來，大概已經可以斷言班上女生對球技大賽燃起幹勁。

雖然一方面要歸功於我的作戰計畫——可是背地裡的準備工作幾乎都由日南、水澤和泉完成——但泉當上隊長擊發意想不到的「爆擊」。

該作戰計畫讓紺野繪里香逐漸拿出「要我試著打打看也行」這種態度，泉身為隊長正好在背後推她一把。一部分要歸功於這樣的相乘效果。

此外，若是平林同學真的被人盯上，由她來擔任隊長，紺野就會有莫名其妙的堅持，在球技大賽上很可能不會努力。而身為夥伴的泉取而代之，從這方面來看，更換隊長應該起到不少作用。果然還是要感謝泉有所成長。

總之就是這個樣子，許多小小的要因加總，才讓紺野的心情出現劇烈改變。不是為了某個醒目原因出現天翻地覆的變化，而是許多小事件一再累積，才能創造巨大的成果。我在這場「人生」中不斷努力，或是在所有的遊戲裡不斷努力——我覺得從前述角度來看，兩種努力背後的構造其實很相似。

總之接下來就等重頭戲上場。

＊　＊　＊

再三天就要展開球技大賽，這天放學後——

「嗯，這下子課題可以說是順利解題了。」

重頭戲還未到來，日南已經給予肯定。

「哦哦，已經結束了嗎？」

「對。」

話說的確是這樣，看到紺野詢問比賽項目的事，又過了幾天，她對球技大賽已經可以說是完全投入了。紺野原本就喜歡扮演領導角色，一旦開始做了卻虎頭蛇尾，這樣不好交代吧。這部分跟中村挺像。

「接下來情況應該不會再次惡化……總之，就算發生那種事好了，你也讓紺野前進到這種地步，不管怎麼說，那個課題算是達成了。」

「好耶！」

我立刻擺出勝利姿勢。哎呀真的好漫長，可是這個課題也像一場遊戲，其實挺有趣的。

「若是能趁勝追擊，在球技大賽上也開心揮灑就好了，但是以你的體力來說，應該很難辦到吧。」

「嗚……」

連我自己都隱約有那種自覺，被人明確點出，我不禁悲從中來。只見日南面帶笑容、一臉滿足地看著那樣的我。

「不過，解決方式還是很像nanashi，感覺很有趣。原本以為這個課題很難，沒想到你處理得比想像中還好。」

「喔、喔喔，會嗎？」

突然由貶轉褒，我一不小心就在毫無防備的狀態下接下這句話。啊，怎麼辦，感覺好開心。

緊接著，八成在第一時間看出我有機可乘，日南露出散發些許成熟魅力的笑容，水潤的唇瓣微微輕啟。

「做得好。」

她對我這麼說。哦、哦哦，我知道日南是故意要讓我害羞的，我可不會敗給這招。

「那、那、那接、接下來的課題是什麼？」

在蠱惑的目光下苦撐，為了改變話題，我詢問接下來的安排。發現我慌到說話變超結巴，日南臉上掛著嗜虐的笑容。

「怎麼了？」

「什、什麼事也沒有，只是在問接下來的課題罷了。」

「哦？是這樣啊？」

「就、就、就是這樣。」

她就像這樣硬要反問，想讓我變得更慌亂。不行，在這樣的拉鋸戰裡，我可是連一丁點的勝算都沒有。這種方式對我超有效。

最後日南似乎終於玩夠了，又換上冷靜的表情。

「不過那麼說也對，與其繼續觀望情況，還不如早日前進會更有效率……紺野繪里香的事就別管了，我們還是朝下一個課題前進吧。」

「……原來如此，我知道了。」

我也重拾心緒並點點頭。之前在觀察情況的那段期間剛好當作中場休息，用來養精蓄銳。放馬過來吧。

「那麼接下來要迎接球技大賽，中間那三天的課題就是……」

「來吧。」

我屏氣凝神等待。

「這幾天你都要練習帶球上籃。」

她一臉認真說出這句沒頭沒腦的話。

「……啊？」

剛剛那句話說完，日南露出惡作劇般的笑容。

「經過這次事件，全班都燃起幹勁囉——既然都要參賽了，難道不想拿下第一名嗎？」

「……哈哈。」

日南那抹笑容讓人感到莫名想笑，害我也不禁跟著笑了出來。出現了，這傢伙對第一名的執著。男生那邊跟日南一點關係也沒有，我覺得大可不必那樣，但她想讓班上拿到雙料冠軍吧。

「總之女生這邊會想辦法打到第一名。學生會的工作也還沒有完全上正軌，我有空可以想想辦法。紺野繪里香願意拿出幹勁，這會成為一大戰力。中村願意來上學也有很重要的加分作用，男生那邊也要加油。照這樣的陣容看來，要拿到冠軍不是夢。」

「是、是這樣說的嗎……」

「不過，你的成長也只是一丁點罷了，希望能填補這一個坑洞。」

「坑洞……」

雖然是事實，但是聽人講得這麼明白還是很受傷。我很想盡力享受這場比賽，不過，我果然還是不要出場比較好。

「可是……只練習三天不會有太大的改變吧？」

這時日南嘴裡「嘖嘖」幾聲並搖搖手指。

「聽好了，接下來你並不是要做全面性的籃球訓練，只要針對帶球上籃練習就可以了。只要不停練習這個，一直待在籃框下面待機，等到有機會就叫人傳球給你，然後投個籃就會莫名爆紅。反正我看在球技大賽上不會有人防你吧。」

這個作戰計畫好亂來又莫名有真實感，讓我聽了面泛苦笑。

「好吧我知道了……可是這樣好嗎？之前的目的一直都是『當現充』，一路走來做了許多事情，現在卻換成那種課題。」

聽我這麼說，日南得意地笑了。

「你在說什麼？這個當然也有效果啊？」

「咦？」

日南又用平常那種講究合理性的解說語氣說明。

「雖然你目前在班上已經可以跟中村集團說話了，但還是跟一半以上的同學都沒得聊吧。我也聽到了，前陣子橘還把你的名字搞錯呢？」

「這、這個……」

嗯也是啦，我目前在班上就只有這點程度。

「不過，其實跟班上其他男生『用尋常方式對話』的技能，你已經學夠了。只是苦無機會用罷了。的確，將時間用在跟提升溝通能力無關的事情上，是有一點浪費，可是能夠將創造這個『契機』的必要時間縮短，就這點來看，效率絕不算差。」

只見日南一臉驕傲，嘴角向上揚起。

「呃……也就是說要像那樣盡力表現，讓自己也能跟班上熱愛運動的男生說上話……」

「對，差不多就是這樣。」

「原、原來如此。」

開這套訓練課程不只有助於在球技大賽上爭排名，還把我在班上的地位一併考量進去。該怎麼說，真是令人敬畏。

「再說那個課題將打造全新的環境，又能累積經驗值對吧？」

「……是沒錯。」

聽她這麼說，我想起幾天前的事。那是橘同學第一次加入我們的對話，我非常緊張，而這一個個的對話也讓我覺得很新鮮，那的確帶來很大的刺激。換句話說能夠刻意打造這樣的環境，且在日常生活中獲取經驗值。

「為了實現這一點，這次不就是一個很好的機會嗎？」

「聽、聽妳這麼一說……確實是那樣。」

到頭來我還是被迫接受了。

「所以說，從今天放學後就要開始練習帶球上籃……目標是拿到第一名喔？」

「哈哈……明白。」

如此這般，我得知從學校到車站的路上稍微走點岔路就會來到一個公園，那裡有籃球的籃框可用，所以我放學後就去埋頭苦練帶球上籃。順帶一提，結束社團活動後日南會過來跟我會合，教我技巧和正確的姿勢，還會罵我運動神經太差。

話說回來，就連練習帶球上籃都能累積經驗值、幫助我達成目的，日南同學在這方面的邏輯性到底有多強……

5 埋好就扔著不管的伏筆大多會突然回收

開始練習帶球上籃後，三天過去。球技大賽正式來臨。

籃球比賽這邊採所有隊伍輪流對戰的方式進行，本班打出非常不錯的成績。

地點來到體育館。在眼前這片籃球場上，水澤正以俐落的動作迅速穿過防守員身側，來一記帶球上籃。

「孝弘灌得漂亮——！」

「謝啦——」

就像這樣，那個特別活躍的人正是水澤。在這場大賽中可以自由安排每場比賽要出場的隊員，他目前幾乎每場比賽都有上場。水澤是籃球社的嗎……好吧外觀上看起來很像，但我不太清楚什麼人參加哪一個社團。

對了，說到我這個人……目前連一場比賽都沒參加。這也是沒辦法的事，畢竟看起來就不像能派上用場的樣子。

話雖如此，我還不至於落得連一場比賽都沒得參加。因為球技大賽有一項規則——「每個人至少要參加一場比賽」。以學校的活動來說，會有這樣的規則合情合理。也就是說，總有我出場的時候……是說具體而言，等這場比賽結束就換我上場。

我好緊張。但我還是有努力練習帶球上籃，實際上場是否派得上用場，其實我也滿想嘗試一下。我沒辦法透過比賽方式來練習，對這方面很好奇。好吧，這就是玩家的本性吧。

「呀吼！」

「哇喔!?」

突然爆出這個聲響，我做出酷似外國人的反應，同時轉頭察看，結果發現來人是泉。

她穿著很有夏天氣息的短袖短褲體育服，白色布料反射從窗戶射進的陽光，看起來好耀眼。除此之外，肌膚之類的部位更耀眼。

「你們那邊情況怎樣？」

泉說話的時候朝我跳過來。當然，因為她是泉，其他還有好幾個地方也在跳動。

「啊──那個……加上這場比賽，還剩三場賽事，在這之中只要獲勝兩次好像就能拿到冠軍。」

「哦──！真的嗎？好厲害喔！」

「是啊……而且──」我邊說邊看向球場。「這場比賽似乎能夠贏得勝利，事實上再贏一場就行了。」

「是喔──！那冠軍不就手到擒來了！」

「是啊。」

也就是說我必須在這種狀態下參賽，壓力超大。還好有事先做一點點練習。

「那我們或許能贏得男女冠軍!?」

「咦？這麼說來女生那邊也……？」

當我問完，泉露出燦爛的笑容。

「要是這場贏了，接下來就是決賽！」

「噢噢！真的啊！」

這樣啊，女生那邊也很順利是嗎？女生比賽的項目是壘球，每場比賽的時間都很長，所以跟籃球比賽不一樣，似乎採用淘汰賽的方式進行，接下來就要進入決賽。

「嗯！剛才繪里香打出再見全壘打，直接結束比賽贏得勝利！」

「紺野……打出全壘打……？」

光是想到這個景象，我就莫名有種想笑的感覺。之前完全不把球技大賽當一回事的紺野居然打出全壘打，那當下不就用盡全力揮棒了。這股幹勁真不是蓋的，小團體的首領一旦認真起來果然很強。

「友崎你呢!?已經上去比過了嗎？」

「這個嘛，我還沒上場……下一場會參賽。」

我答得很保守。

「哦！那不就正好！壘球這邊會先打前三強決定戰，那我就能來這邊觀戰了～」

「這、這樣啊……」

哪裡好了，我邊想邊回應。畢竟一直在籃框下待機，持續等待帶球上籃的契機，這種窘樣不想被別人看到。不對，我個人會覺得自己已經盡力了，感到很滿足，但那只是講好聽的。算了沒關係，就想成可以拿來當聊天題材好了，反正大家也不期待我會有什麼帥氣表現吧。

這時突然「嗶——」了一聲，有笛聲響起。比賽結束了。

我朝計分板張望，上面寫著十八比十。是我們班的隊伍贏了。

「好，再贏一場就行了～」

水澤邊說邊展現爽朗又從容的樣子，朝那些現充走去。跟平常散發的成熟氣質有些不一樣，他露出爽朗又無邪的笑容，看起來變得比較親切。下巴跟脖子上都掛著汗水，在夏日豔陽的照射下散發青春光芒。

「這副帥樣是怎麼一回事……」

聽我道出心聲，泉「啊哈哈」地笑了。

「看樣子在球技大賽上，阿弘的行情又上升了……」

泉開心地說著，視線朝一旁看去。感到納悶的我隨著那道目光轉眼張望。那裡有一群女生，正為水澤的一舉手一投足發出尖叫聲。

「……真不愧是水澤。」

好吧，在我看來他也是完美到無可挑剔的帥哥，怪不得女孩子會受不了。神真是太不公平了。

緊接著那個水澤朝這邊看，笑著輕輕揮手並走過來。他看起來笑得比平常更有朝氣、更快樂，是因為運動完心情高昂的關係？臉上那對貓眼瞇起，再加上燙著小波浪的時尚短髮，這樣的組合未免也太過完美，甚至給人一種整張臉周圍都在閃閃發光的錯覺。

他來到我身旁，這次換上有點帥氣的笑容，同時拍拍我的背。

「來吧，文也。就讓我們在接下來的比賽裡拿下冠軍吧。」

之後水澤的目光落在籃球場上，那模樣未免也太有男子氣概了吧。

「知、知道了。」

這樣的氣場不是單靠模仿舉動就能學得來的，而是更有深度的——來自平常的舉止或自信，是一種抽象的氣質。那麼我能做的就只有這個吧，盡量透過反覆練習來鍛鍊表情、姿勢和語氣。

下一場比賽再過不久就要開打。隊友有水澤、竹井、橘同學和其他不熟的人，再來就是我。

「好了——！那下一場比賽正式開始——」

其他班級的隊長負責管理這塊場地，他出聲喊話。這句話一說完，水澤立刻走向球場。才剛比完一場比賽，體力還真好。相隔幾秒後，我跟在他後頭走去。嗯，好、看我的。

「加油！」

朝笑瞇瞇替我加油的泉報以笑容，我朝球場走去。

＊　＊　＊

——糟糕，完全沒機會。

我待在對手的籃框下方、在那附近待機，心裡一陣焦急。

從比賽開始後，時間已經經過五分鐘。

球技大賽的籃球比賽時間是十分鐘，目前只剩五分鐘左右。可是照目前的情況看來，我等同什麼事都做不了。這樣下去就糟了。更別提要創造跟愛運動小團體聊天的契機。

不，其實在比賽一開始，竹井有喊了一聲「去吧小臂！」就好像丟飛盤給狗一樣，把球傳給我，接著我就冷靜地照日南教的做，用她教的姿勢、步伐、距離感掌握技巧等，確實完成帶球上籃動作。之後水澤和竹井便出現下列反應——一個說「文、文也!?」、另一個說「小臂你怎麼了!?」——不對，水澤就算了，竹井你既然會感到驚訝就不要傳球給我嘛。曾經一步一腳印做過的努力以這種形式呈現，我個人則是覺得很滿足，到這邊都還進展順利。

可是後來我就被盯上了，我沒有足以擺脫他們的技巧，體力也不夠，所以就搖身一變成了木頭人。在那之後，球是一次也沒碰。也罷，照理說我這個人原本沒什麼機會表現，卻能讓對方的其中一名戰力將注意力放在我身上，也算是有一點用處吧。可以說我的努力以另一種形式呈現。大概是吧。

至於最重要的比賽情況，雙方勢均力敵。

應該這麼說——我們輸對方三分。

看起來似乎不是我方陣容有問題，也不是水澤太累的關係，好像是對方實力太過堅強的關係。印象中日南曾說「只是比個球技大賽，對方不至於盯你吧。」當時好像說過類似的話，結果第一次帶球上籃後馬上就被盯上了。

「好！」

水澤看穿對手的傳球路線，將那顆球攔截，然後瞬間環顧整個球場，馬上把球傳出去。

「竹井！」

「好耶傳得漂亮！看、我、的～！」

沒人防守的竹井接下那顆球，迅速運球從對方的防守員身邊通過，轉眼間就來到籃框下方，然後用很亂來的姿勢帶球上籃。那副體格加上速度，還有過度拖泥帶水的動作，給人一種類似強力灌籃的魄力。唔喔喔好華麗，看起來好像做了什麼很猛的事。

大家紛紛吹起口哨。

場面整個沸騰起來。緊接著竹井露出滿臉笑容，兩手豎起大拇指放在臉的兩側。唔喔喔，看起來超遜。做了那麼帥氣的事情，之後卻擺出這麼遜的手勢，這種傢伙還是頭一次見到，竹井。可是這樣才像竹井，很棒喔，竹井。

之後球很快就回到球場內，比賽繼續進行。這下雙方就只有一分的差距。再投進一球就能逆轉。剩下的時間差不多一分多一點吧。

球先給另一隊。接著對方就開始傳球，採取的戰術就像在牽制，似乎要爭取時間。看起來沒有要積極進攻的跡象，球在五個人之間有節奏地傳來傳去。

也對，目前他們在分數上占有優勢，而且所剩的時間不多，當然會採用這種戰術。就算這麼做欠缺男子氣概，看起來很卑鄙，他們還是要按規則取勝，這種行為並沒有什麼好譴責的。對方採用毫無風險的傳球路線，老神在在地傳球。

時間一分一秒過去，我們戰敗的機率也越來越高。

不行，這樣下去會輸，任誰看了都會這麼想——

就在這個時候。

那是野性的直覺嗎？還是野性的動態視力？不管怎麼說，竹井八成是靠某種野性的力量，照理說那顆球正要通過幾步之外的傳球路線，他卻以一般人不可能會有的反應速度攔截。

「漂亮！」

水澤則用不該會有的熱切聲音大喊。

然而球從竹井手中溜走，在地面上彈跳幾下，之後就滾走了。前方沒有半個人。離它最近的就是竹井，還有盯著我的敵隊學生，再來就是我。

「……嘖！」

那個學生先是朝我偷看一眼，之後就咂了下舌，然後朝那顆球跑去。我沒有從籃框下方挪動半步。球目前大約在竹井跟那個學生之間。不過，它朝我這邊彈過來，大概會被敵方隊伍以些許差距拿走。

「唔嘎——！」

然而竹井已經變成一頭野獸了，看似不惜受傷的他朝球飛撲過去，搶在對手之前弄到那顆球。

「快防守！」

敵隊的小隊長喊出這句話，這時敵方隊伍馬上朝這半邊球場衝過來，目標是籃框下方。

——可是目前籃框底下只有我一個。

「友崎——！」

維持倒地的姿勢，竹井沒有叫我「小臂」，而是叫我「友崎」，還將球傳過來。我心想為什麼在校內球技大賽上會出現像籃球漫畫壓軸橋段的劇情，同時接下灌滿竹井意志的球。

剩下的時間恐怕只有十幾秒，這是名副其實的最後機會吧。

可是這段距離要用來帶球上籃有點不夠。所以我運個幾步球並用雙手抓住它，就此擺出準備帶球上籃的姿態。要是在這個時候投歪就輸定了。

對，現在沒投中就會輸掉。

會輸掉比賽。

——這股壓力難免讓我的動作亂套。

「唔喔喔喔？」

雖然認真練習，但我的帶球上籃僅僅花三天趕鴨子上架，還沒有熟到能在無意識之間投出，然而在這種情況下，又不能刻意把每一個動作按部就班做完。

我的腳步放得越來越慢，另一隊的其中一名學生已經趁這段空檔來到籃框下方。

「休想得逞！」

敵隊學生用認真到令人畏懼的語氣放話。

「喔哇!?」

我心裡突然一陣焦急，腳也因此絆倒，驚慌失措地跌在地面上。這一摔讓球跑出我的手掌心。球就這樣掉了出去，在地面上彈跳。這下糟了。

我無論如何都要抓住那顆球才行，掙扎著、想辦法讓絆倒的腳向前進。但可能還是太過著急，我的腳完全被自己的腳絆住，朝前方大大地摔個狗吃屎。

另一隊的學生被這個舉動嚇一跳，但還是朝這邊跑過來，不想讓球被搶走。我朝那顆籃球伸手。對方也伸出手。結果——

我倒在地面上，一隻手將球夾在腋下，另一隻手緊緊抓住對方的運動服衣襬。

可、可是我要趕快站起來把球傳出去——才想到這邊。

在這一陣混亂中，場內外的人都在看裁判。

接著裁判「嗶——」地吹響哨子。

「那個——紅隊……！」

紅隊。在說我們這一隊。裁判的目光落到我身上。

「犯規觸身……二次運球、帶球走步……！」

大家又在吹口哨。

現場氣氛沸騰起來，但是沸騰的方向跟我要營造的正好相反。

＊　＊　＊

比賽結束後，地點換到籃球場邊。

「咯咯咯……別、別在意。」

水澤再也憋不住，在那盡情取笑，還拍拍我的肩膀。

「吵、吵死了——……」

雖然整個人變得有氣無力，但我還是想辦法提起勁吐槽。特地跑來看比賽的泉也顯得有點顧慮，不過她確實在偷笑。

至於在我正面的竹井，他則是毫不客氣地哈哈大笑。

「小臂……我還是第一次看到同時違反三種規定的傢伙！」

按住肚子眼角帶淚，竹井感到好笑地指著我。

「少、少囉唆——！」

因為太丟臉了，所以我有點大聲地回嗆。我反覆練習可不是為了要用在這種丟臉場面。聽我這麼說，許多在附近的同班同學都跟著笑了出來。啊——真是的，可是技能生效範圍有逐漸擴大的趨勢。

在附近觀望的橘則強忍笑意跟我搭話。

「哎呀，看到很有趣的事情～」

「拜託放過我吧……」

為了表現情感，我用非常悲哀的語氣說著，結果橘笑得更用力。

「不過話又說回來，對手太強了，這也是沒辦法的事。」

「唔——嗯……」雖然還是覺得有點抱歉。「剩下的就寄託在最後一場比賽上了。」

「包在我們身上～」

這時橘笑著拍拍我的手。要派人去參加賭上冠軍位子的重要比賽，首選果然還是籃球社社員。就像現在看到的這樣。

話說這樣一來我就跟橘——有機會跟愛運動的男生團體說話了，從這個角度來說，還是有為課題帶來不錯的結果吧？唔——嗯……

想到一半，橘笑著笑著就頓了一下，接著面露爽朗的笑容並開口說道。

「不過這樣說來。跟你談過以後，意外的……」

他朝我看過來。

「……意外的？」

在那之後他接了一句話，臉上依然帶著爽朗的笑容。

「——發現友島同學也意外的有趣呢！」

「不對，我叫友崎。」

他果然還是沒把我的名字記住。

＊　＊　＊

接下來這段時間，另外還有兩場別班的比賽，比完之後，這場球技大賽最後一場比賽開始了。我們班能不能拿到冠軍就看這場比賽，可以說是一大壓軸。

由於接下來的比賽是最後一戰，而且將決定誰是冠軍，籃球場這邊聚集至今以來最多的觀眾。假如我們班打贏，就會拿下冠軍。輸了就變成第二名。順帶一提，這時冠軍就不是接下來要對戰的班級，而是剛才我上場後輸給對方的那個班級。

「要上了。」

這次隊伍由中村帶領，參加比賽的球員紛紛進入賽場。

水澤、中村和包含橘在內的三名籃球社社員似乎都有參加比賽。這些好像都是我們班的頂尖王牌，中村明明是足球社的卻能被選去參賽，可見他多麼有潛力。

我正在等待比賽展開，這時看到一群人從操場那邊走過來。是我們班的娘子軍。照這樣看來，女生那邊的決賽已經打完了吧。

走在前面的泉小跑步靠近籃球場，朝男生們揮揮手。

「壘球這邊拿到冠軍了～～！」

泉邊說邊笑，臉上神情開朗到不能再開朗，同時散發隊長特有的可靠感。日南跟深實實也在她身後，朝我們笑著揮揮手。後方還有紺野繪里香，她擦著閃閃發亮的汗珠，同時和那些跟班開心地閒聊，這點讓人印象深刻。

再來看看泉，班上男生雖然有在向她瞎講些什麼，但她還是再次開口——這次朝球場上喊話。

「修二！要是輸了可別怪我沒警告你！」

面對這句半開玩笑的話，中村搔搔頭，懶懶地挑起眉毛，但裡頭透著一絲愉悅。

「知道了啦——包在我身上。」

接著他笑了一下，露出強而有力的笑容。

＊＊＊

決定誰是冠軍的比賽即將結束，現在球來到中村手上。

中村邊運球邊左右張望，確認防守員的位置後——他一口氣加速。

有那身身體機能加持的運球動作將其他防守員甩得一乾二淨，一鼓作氣衝到籃框下方。但他卻沒有直接投籃。

因為敵隊的防守員及時趕上，並擋住他的去路。至少可以確定的是，這樣下去沒機會帶球上籃。

就在那瞬間，中村突然在那個防守員的守備範圍數步外緊急停止，就此擺出準備要射擊的姿勢。他站的位置在三分線外，距離只有一步。

發現這點的防守員伸手過去，然而中村朝後方跳開，藉此閃避防守員。剩下的時間只有幾秒鐘。中村跳了起來，在最高點伸手，甩出一個拋物線。

——就在這個時候，裁判吹響哨子。這是壓哨球，就是在最後一刻投籃的球。

投出的球吸收四周所有的目光和聲音，有窗外迎接夏季尾聲的藍天當背景，慢慢畫出漂亮的圓弧。

緊接著。

靜靜地，它被吸進籃框裡。

人們發出驚呼。

於是目前的得分是二十三比八。不管有沒有投進那一球，我們都會獲得冠軍。換句話說那只是在鞭屍。在最後一戰，並沒有上演讓人熱血沸騰的逆轉壓哨球橋段。該說在序盤就大勢已定。

先前跟我們對戰的班級變成第二名，我們現在派上用場的球員比那個時候更強，就算用一般的方式打也會贏吧。嗯。而且最終戰對手就算在比賽中打贏也沒辦法拿到冠軍，所以動力也跟我們有一段差距。這就是所謂的現實吧。

但不管怎麼說，這下男女兩邊都拿到冠軍了。

「我們是第一名～～！」

竹井雖然是隊長卻沒辦法參加最後一場比賽，然而最後還是很有隊長的樣子，用食指高指向天、發出激勵士氣的戰吼。而且中村跟水澤也很配合，一樣將手指高高舉起。兩個人都開心地笑著。

班上的女孩子也幾乎全員到齊，大家一起發出開心的歡呼。日南、深實實、小玉玉快樂地環住彼此的肩，就只有小玉玉努力伸直背脊。

仔細看發現紺野繪里香也露出開心的笑容，雖然沒那麼明顯。泉笑容滿面地摟住紺野的脖子，紺野也挺開心地摸摸泉的頭。

喔喔好厲害，大家看起來都好開心。感覺全班都團結起來了。所以我這個時候也偷偷地——如果是之前的我肯定不會做這種事情吧，我偷偷跟大家一起喊「耶——」。我心想「怎麼樣啊」，但個人總覺得自己好突兀。嗯，有時也會發生這種事。表現快樂的方式也要看人呢。

「辛苦了！」

這時泉放開紺野並轉過頭，以隊長身分開口慰勞大家。

「妳們那邊也拿到冠軍吧？我們班真不是蓋的——」

中村接著用輕鬆愉快的語氣說了這句。

「就是說啊——！」

說著，泉突然將手舉到頭頂上。這是在做什麼？感到納悶的我繼續看下去，結果發現中村也一樣將手舉起，以太陽為背景，兩人的手正好拍在一起。啊啊，原來是在擊掌啊。我剛才一路看過來卻沒看出個所以然。這兩個人果然心靈相通。還是我不了解現充文化的關係？應該是這樣吧。

對了，這個時候我轉眼，發現竹井用非常悲哀的眼神看著自己的手掌。也是啦，畢竟你才是隊長嘛。照順序來講，現在應該要隊長跟隊長擊掌才對。竹井真可憐。

大概就是這個樣子，球技大賽順利落幕後，我們參加完閉幕典禮，大家一起回到教室。順便說一下，在開幕典禮上是由新上任的學生會會長日南來致詞慰勞。總覺得大家都有善盡自己的職責呢。

＊　＊　＊

之後幾個小時過去。我從學校走向車站，準備回家。

我們幾個人待在轉角後方，悄悄偷看另一邊的情況。

目前在這裡的人有日南、水澤、竹井、深實實和我。

至於我們在偷看什麼，那就是在人煙稀少的道路上——並肩而行的中村和泉。

也就是說我們尾隨一起放學回家的中村和泉。

「來看看接下來到底會發生什麼事～？」

這時深實實開心地說了這句話。

「對啊要看一下。」

嘴裡一面說著，我想起球技大賽結束後的情況。

球技大賽結束後，當作是拿到冠軍的獎勵，每個人都分到冰淇淋。好像是川村老師跟日南一起想的主意，用學生會的會費或是其他費用買的。喂喂也太亂來了吧，但我不討厭這樣就是了。

之後班上同學一起熱鬧慶祝，幾個小時後大家覺得也差不多該回去了。

這時泉終於有動靜。

她靠近在跟水澤和竹井講話的中村，接著突然這麼說。

「修二……要不要一起回去？」

膽子這麼大，一旦下定決心就要付諸實行，最近的泉就是如此堅強，中村嘴上雖然不以為意的說「一起回去也沒差」，但還是用有點狡猾的方式答應了。

而在附近的我們一聽到就會說「啊，是這樣啊，那就明天見～」假裝隨他們去，等那兩人走掉，大家立刻聚集起來、一致認為「必須尾隨」，然後就變成現在這個樣子。

「究竟會怎樣呢——」日南小聲說道。

「這個嘛，一定會朝那個方向發展吧。球技大賽都拿下男女雙冠軍了。再說之前優鈴還用愛的力量解決修二蹺課問題。」

「咦，在說什麼，我怎麼都不知道！」

水澤一番話讓深實實出聲抗議。

「啊——……在妳跟小玉玉親熱的時候，發生許多事情喔。」

「是什麼事情！說清楚講明白！kwsk（註2）！」

註2　日文講明白的縮寫。

就這樣，大家一面跟深實實解釋這幾個禮拜發生的事情，一面尾隨中村跟泉，結果那兩個人開始偏離放學路線。車站不是朝那個方向走，這麼說來……？

只見深實實帶著閃閃發亮的眼睛向前探。

「喔喔～？他們要去哪？」

「我說深實實，妳跑太出去了。」這時日南面帶苦笑將深實實拉回。

「果然不該把深實實帶來……」水澤出言調侃。

「哎呦，真敢講～？太在意小細節的男人會沒女人緣喔！」

「哈哈哈，我早就交到不要交了。」

「哦～？是真的嗎～？其實你現在根本沒女朋友吧，孝弘！」

「少囉唆，我只是不想隨便交而已。那妳自己呢？有沒有男朋友？」

「不、不用，我已經有小玉了！對吧友崎？」

「為、為什麼問我。」

我們邊拌嘴邊尾隨，發現那兩人進到人煙稀少的公園裡。

「這、這下不妙啊～！要來囉～！」

竹井嚷嚷的時候好歹知道要壓低音量，但還是比應該要壓到一個合適值的音量高出許多，大家都要他注意一點，對他「噓——！」了一聲。這讓竹井垂頭喪氣又自責地閉嘴，還露出很哀怨的表情。用、用不著那麼沮喪嘛。

……話說這個公園不就是那個嗎？我來練習帶球上籃的公園。咦，這是怎麼了，莫非會看到某種酸甜小劇場，像是投籃成功就跟我交往之類的。不，應該不至於。

大夥兒窸窸窣窣小聲地吵鬧，同時從公園入口旁的樹木後方偷看內部，結果看到中村和泉兩人並肩坐在面向入口的長椅上。水澤看了惋惜地開口。

「啊——他們面向這邊，不能再接近了。」

接著水澤就要把書包放下，但我說了一聲「……不」並制止他。

「嗯？」

水澤盯著我的臉瞧。我則點點頭，伸手指向道路的另一邊。

「那裡還有另一個入口，從那裡應該能靠得更近，打擦邊球。」

「喔！真的嗎？」

「對。」

沒想到帶球上籃練習會以這種形式發揮作用，那讓我對這裡的地形有點熟悉。我用力豎起大拇指，緊接著深實實就說了聲「幹得好！」然後大力拍我的肩膀。感覺超痛的，由此可知深實實今天也很有精神。

我們躡手躡腳從公園旁邊繞過，大家從另一邊的入口進到裡頭。

之後我們盡量在隱身的狀態下靠近——最後來到距離長椅幾公尺外的用品放置小屋後方。

換句話說在這種距離下，只要集中精神就能勉強聽到他們兩個的對話。我們一群人先是你看我我看你，接著就專心聽那兩人說話。

「……對——就是這樣！這個時候換葵當投手，就這樣戰到最後一刻！」

這句話傳入耳裡。這時我在很微妙的情況下發現一件新事實，原來日南在決賽的最後一刻擔任投手啊。我朝日南看去，只見她露出滑稽的笑容，就像在說「啊，被發現了」。還是老樣子，進入完美女主角狀態時，日南的表情好有喜感。

「哈哈哈，這傢伙還是一樣，就愛多管閒事。」

「反正——因為這樣才拿到冠軍嘛！」

拿「多管閒事」來形容日南還真新鮮，害我差點笑出來。的確，要是有人問我「日南是不是很雞婆」，我會說完全就是那個樣子。一下子當學生會會長，一下子又跑去球技大賽決賽上當投手，在班上也處於領導地位，真是不得了。即便如此也不會討人厭，都是因為那傢伙拿捏得恰到好處吧。雖然在我看來只覺得討人厭就是了。

「不過，妳也很努力吧？」

此時中村愛理不理地應聲。聽到這句話，我們幾個笑笑地互看彼此。真是的，說這種話有點帥氣欸。

「咦……」泉答得支支吾吾。「唔、唔嗯。算是吧。」

「哦——」

「咦，修二怎麼說這種話，真不像你。」

中村突然發出輕笑。

「在說什麼啊。那怎麼樣才像我。」

「我、我想想……大概是嘴巴很壞？」

「愛說笑。」

他說完就一把抓住泉的頭。

「好痛好痛！」

「妳說誰嘴巴壞？」

泉雙手並用抓住中村的手，但中村並沒有放手。泉嘴上說「好痛喔～」卻不是真心要把他的手甩開。這樣的狀態持續一會兒。

「──好吧，那我們交往吧？」

「唔欸!?」

此時泉發出好大的聲音，這句話來得太過突然，害我差點發出怪聲。我下意識用雙手遮住嘴巴，以免聲音跑出來。等我冷靜下來就朝四周張望，發現竹井以外的所有人都摀住嘴巴，竹井的嘴則是被日南摀住。這、這是怎麼一回事……莫非那傢伙已經在瞬間猜到竹井可能會發出聲音，除了摀住自己的嘴巴，還在同一時間蓋住竹井的嘴？如果真的是那樣，這個判斷也下得太好了。

話說這是哪招，中村在沒有任何準備動作的情況下突然盡全力打出直拳。之前明明瘋狂龜速前進，怎麼能在這種時候用遠遠超越我們預料的速度出招。可是話又說回來，這樣的確滿像中村的作風。

中村看起來並沒有特別著急的樣子，再次開口還是一樣淡然。

「那是什麼怪聲。聽起來好蠢。」

「你、你說誰蠢！」

「所以呢？到底怎樣。」

他不滿地質問。

這傢伙是怎樣。告白之前明明耗掉那麼多時間，一旦告白就變得像這樣，一整個理直氣壯。還是說，這就是強角的特性？真讓人火大。

「那個……你說的交往就是……」

「啊？沒什麼特別的，就是字面上的意思。」

「也、也對……」

泉這時低下頭，暫時陷入沉默。看不見那張臉，但可想而知她肯定滿臉通紅。沉默仍未解除。中村將手肘架在張開的雙膝上坐著，臉隨意擺向一旁。這種光看背影就能感受到的從容是怎樣。

最後泉總算願意跟中村面對面。

「——嗯，請多指教。我也喜歡修二。」

這聲音聽起來果然是堅定不移，但裡頭卻透著喜悅的熱意。我們幾個依然待在小屋後方摀著嘴，但大家轉頭互看，臉上表情明顯帶著笑意。

「……那就勞煩了。」

是為了掩飾害羞嗎？簡短說完這句，中村立刻在同一時間起身，朝公園的正面出口走去。緊接著泉說了一聲「等等！」要留住他。這一喊讓中村轉頭，在那之前我們已經被日南跟水澤拉回去，頭縮了進去。幹、幹得好。

「什麼事？」

我們躲在放置用品的小屋後方，只聽得到聲音。

「就是那個──剛才我說『我也喜歡你』……修二卻沒說你喜不喜歡我……我就想──你、你怎麼擅自決定……」

聽起來有點緊張，可是又努力裝作若無其事的樣子，這道聲音傳到陰暗的小屋後方。

「……啊？什麼跟什麼？」

中村說話的語氣還是一樣淡漠，但話裡處處可見一絲慌亂。

到最後，不曉得來自誰。「刷啦」一聲，踩沙子的聲音讓公園內部空氣為之震顫。

「就那個……我只是想……確認一下。」

彷彿凝聚所有的心意，那聲音聽起來好真切。

一時之間，沉默籠罩。

風在吹撫，在我身邊的深實實和日南髮絲飄搖。耳邊聽見喀啦喀啦的聲音，那是枯葉掃過地面發出的。

此時風停了。

我們又聽到唰啦聲。

「——我也喜歡妳。」

九月下旬殘存的暑氣漸消，那涼爽又舒服的空氣包圍這座公園。

泉說的那句話雖然聲音小又簡短，呢喃聲卻充斥著幸福的甜蜜感。

「——嗯，謝謝你。」

我們都用雙手摀住嘴巴、屏住氣息，大家睜大眼睛互看彼此。雖然不清楚這代表什麼意思，但我們還是朝彼此不斷點頭。

「好了，我們走吧。」

「……嗯！」

在一句簡短又滿足的回應後，兩道腳步聲漸行漸遠。

公園裡飄蕩著幸福的餘韻，現場只剩下我們幾個。

「他、他們已經走了……!?」

這時深實實迫不及待地環顧眾人。日南從放置用品的小屋後方探臉，先是朝四周張望一會兒，接著就面向這邊點點頭。這表示沒問題了吧。

大家這才噗哈地吐氣。

「修、修二～～～！真是恭喜你啦!?」

竹井一副重獲自由的樣子，但說話的聲音還是有稍微壓低。看他那樣，日南面泛笑容。

「真的是這樣呢。這一段時間真的拖好久！」

雖然拿那兩人沒轍，但日南的語氣聽起來還是很開心、充滿關愛。這裡頭放了多少演技，我現在不願去細想。因為去想就太可怕了。

「哎呀——！讓我見識到青春！我也不能輸給他們！」

深實實莫名出現競爭心態，往我這個屈身蹲低人的背上用力拍拍。痛死我了。

「好痛喔……可是這下子總算讓一件事圓滿收場了。」

我從嘴裡吐了一口氣。不過，每個人若是都能像這樣獲得幸福結局，其實人生也沒有爛到要讓人捨棄的地步。這個「遊戲」果然也會有好事發生。

這時斜後方有人「呵」地笑了一下。

「……希望他們永遠幸福美滿。」

這句語調半是揶揄的話來自水澤，他的嘴角掛著一抹痞痞的笑，但那笑容看起來比任何人都要來得開心。

＊　＊　＊

隔天。一大早在教室裡。

「所以說，其實……我們開始正式交往了。」

泉這話是害羞紅著臉說的。中村也在她身旁。

「咦——!?是這樣啊!?恭喜你們——！」

日南裝傻裝得天衣無縫、簡直是過分完美，一面向她學習，我們假裝對昨天的事毫不知情。

「是誰先告白的!?是中中嗎——!?」

「我不覺得修二有這麼帶種呢？」

如此這般，繼日南之後，深實實和水澤用過分完美的演技唬弄那兩人。

「吵死了——這種事不重要吧。」

而中村還是平常那副德行，看上去老神在在。真讓人火大。

「哎、哎呀，真沒想到事情會變成這樣!?」

「就、就是說啊！泉、中村，恭喜你們！」

這些演技高手之間，就只有竹井跟我的演技特別爛，但對方還是沒發現我們跟去偷看，就原諒我們吧。

「嗯、嗯嗯，謝謝。」

「好啦──已經夠了吧。反正我們跟之前也不會有太大改變啦。」

泉老實道謝，中村果然是在掩飾害羞吧，想要趕快把話題草草帶過。該怎麼說，這兩人果然很互補，所以才那麼相配。

就這樣，這件事在班上傳開，很快就受到大家祝福。不過，大家原本就覺得「那兩個人怎麼不快點在一起」，反倒有種「動作也太慢了吧！」的感覺。

但是果然就跟我昨天想的一樣，沒有人遭受不幸，大家都開開心心，這件事就在溫暖的氣氛下落幕，今後又會回去過以往的日常生活。真是美妙的圓滿結局──

──但事情可沒這麼簡單，這就是名為「人生」的遊戲，在這之後我馬上對此有了體認。

6 就算迎接圓滿結局「人生」還是要繼續

最先開始感到不對勁的日子是星期一，前面還隔了星期六跟星期日，是在泉跟中村開始交往之後。

教室前方傳來好大的一聲「唰——」。

「啊，抱——歉。」

有位學生這麼說，鉛筆盒就掉在那個學生腳邊，文具散落一地。橡皮擦越滾越遠，周圍的學生用腳將它擋住。是因為身體不小心撞到，原本放在桌上的鉛筆盒才會掉到地上吧。

到這邊都還沒什麼稀奇的，比較上算是很常見的景象。

但讓我覺得奇怪的是這個，就是出聲的人，還有出聲的對象。

出聲的人是紺野繪里香。

那句話是對平林同學說的。

歸納起來，就是紺野繪里香把平林同學的鉛筆盒弄掉，然後隨口說了一句「抱——歉」，向平林同學道歉。

接著該說這樣才正常嗎？紺野繪里香沒有幫忙撿掉在地上的文具，似乎覺得道歉就夠了，朝位在教室前方靠窗處的聊天用老位子走去，開始跟那群跟班一起閒聊。

說真的，這種行為讓人不敢苟同。但她好歹有道歉了，那事情就沒有大到需要一一追究的地步。四周的學生也有出手幫忙，協助撿拾掉落的文具，東西很快就收回去了。所以當下大部分的人都會認為「紺野繪里香又在搞獨裁」。覺得那只是常見的日常景象之一。

但這項認知很快就遭到顛覆。

這是因為——還有後續。

講是講「還有後續」，意思卻不是鉛筆盒被弄掉好幾次。

而是一些小事情累積。

例如紺野繪里香的跟班和平林同學當值日生的時候。就會跟以前逼她當隊長的時候一樣，紺野繪里香會將所有的工作推給平林同學。

或是在休息時間中。紺野繪里香用跟班的小考考卷做出紙飛機，它「碰巧」撞到平林同學的頭。

又或者是單純從平林同學座位附近經過的時候。紺野繪里香又會「碰巧」踢到平林同學的桌腳。

若是單看這些小小的行動，大家只會覺得「今天的紺野繪里香心情好像不好」，而那些行為只持續針對平林同學發生。

之後——當這種現象開始，大概過了一個星期。
不只是我，恐怕班上大多數的同學都發現了。
這些行為都是出於故意。
這所謂的「故意」其實就是「惡意」。
在紺野繪里香做出這種事情後，教室裡的氣氛差到極點，恐怕連那些跟班都不例外，大家都希望「這種情況能早點結束」。
這些行為顯然都帶有「惡意」，硬要說起來這些小事情可以用「巧合」帶過。
所以要責備這種行為並不容易。
整個班級籠罩在默許的「氛圍」裡，在某種程度上就當是「無力可管」。

＊　＊　＊

「對了，友崎。」
某天放學後，泉來找我講話。
「呃——怎麼了？」
我邊回答邊轉頭，發現泉用悶悶不樂的表情看著我。
「……泉？」
就像在試探，我重新問一次。接著泉看似難以啟齒地緩緩開口。

「有關……繪里香的事。」

「……哦是這件事。」

從那句話不難察覺，在說紺野跟平林同學的事吧。

「那些都是故意的吧。」

「應該是……」

佯裝成偶然發生，假裝背後沒有其他用意，持續做出一連串的騷擾。不管是誰看了都能明顯看出背後是出於惡意。

泉垂下眼眸，咬了一下嘴脣，接著目光又回到我身上。

「我在想。」

「……什麼事？」

聽我反問，泉用拇指指甲輕抓自己的食指。

「我覺得自己不該說這種話，可是……」

「嗯……」

這時泉對我投以強烈的目光。

「——我想會發生這些事情，原因都出在我身上。」

她再次咬脣。

「……這個嘛。」

我無法——否認這句話。

的確，先前平林同學動不動就被紺野繪里香盯上。

可是為什麼要在這個時候變本加厲？

講到這邊，我腦中——有個念頭閃過。

對，也就是說。

「……是因為泉跟中村開始交往？」

我拿這句話回問對方，只見泉微微地點了點頭。

「因為就時間點來看，果然是那樣吧。所以繪里香才會不高興，可是對我跟修二下手又太過張揚……才找平林同學洩恨。」

「這麼說……是有可能。」

目前還不確定。然而之前去我家開集體外宿作戰會議時，也曾聽說「泉跟中村走太近會讓紺野繪里香不爽」。因此把那件事當成原因還滿合理的。基於這一點就會覺得紺野繪里香有夠任性，為此感到憤怒。

「所以我覺得……最好別去跟繪里香提這方面的事吧？」

聽到這句話，我回過神並點點頭。

「啊啊……這樣啊，說得也是。」

「是啊……」

泉看起來很沮喪，頭有點低低的。

「……那樣或許很危險。」

要是一不小心刺激到她，可能會讓情況惡化。這點我沒有說出口，但泉似乎也明白。

恐怕泉有認真思考過，看在這種情況下自己能做些什麼，也就是要怎麼做才能幫助平林同學。結果卻發現最簡單的方法就是「直接跟紺野繪里香談」，但唯獨她絕對不能這麼做。

目前還不確定紺野繪里香找人麻煩的原因出在泉身上。不過，當我們無法完全否認這個可能性，那就等同不能行使上述方法。

「說得也是……嗯，謝謝你。」

「沒什麼……嗯。」

我回話的語氣有點消沉，這時泉又訥訥地開口。

「……還有就是，為什麼她會找……平林同學。」

「對，確實令人納悶。」

「經過這一個禮拜的觀察……我想……我好像明白了。」

泉的表情蒙上一層陰影。可是關於這一點，其實我也隱約知道答案。

應該這麼說，班上同學都開始隱隱約約知道是為什麼了。

我將那個答案說給泉聽。

「應該是因為平林同學——絕對不會回嘴。」

泉跟著點點頭。

「嗯……剛好拿來當作出氣的對象，是這樣對吧。」

「……果然是那樣啊。」

沒錯，平林同學「不會反擊」。

正因為紺野繪里香明白這點，她才會把那女孩當成目標吧。

這個理由未免太過直接、太過赤裸。

所以說它是「紺野繪里香」付諸行動的理由就更有說服力。

同時也彰顯這個叫「人生」的遊戲——有多麼蠻不講理。

這時泉看了看手錶，一面說「糟糕」一面背起書包。

「那個……我差不多該走了。」

「好……再見。」

「嗯……那明天見！」

努力用開朗的語氣說完，泉就跑去參加社團活動了。

＊　＊　＊

目送泉離去後，為了參加放學後的會議，我朝第二服裝室前進。

我跟日南提起和泉談過的事，日南認同我們的看法。

「我也覺得是那樣。一切都是從那兩人交往開始……應該是這樣沒錯。」

「果然是那樣嗎……」

「是吧。」日南說完點點頭。

「紺野對那兩個人很火大，可是跑去攻擊優鈴又很難看，所以才用這種方式洩恨，這是最合理的推測……以紺野繪里香的個性來看也比較有可能。」

她話裡明顯聽得出不悅。

「這樣啊……」

「總之目前還不確定。但有件事可以斷言……那就是優鈴最好什麼都別跟紺野說。」

日南說這話彷彿早已看穿我跟泉都聊些什麼，讓我有點驚訝。

「……果然還是該這麼做啊？」

「對，泉應該很想出手幫忙吧？」

日南用感到頭疼的語氣說著。

「是這樣沒錯……妳真清楚。」

「這個嘛，看最近的優鈴就知道了。」日南淡淡地回應。「可是現在行動很危險。」

「嗯……我想也是。」

這讓我不知道該怎麼辦才好。

日南也暫時閉上嘴陷入沉思，最後她總算再次開口。

「老實說以現狀來看……若是紺野沒有大動作，周遭眾人就不方便出手吧。」

「因為可以堅稱是巧合？」

日南點點頭。

「目前的騷擾規模還太小。最大的應該是一開始刻意把鉛筆盒弄掉吧？若是那種程度的騷擾持續進行，那就另當別論，若是把規模較小的騷擾挑出來，說那是在欺負人之類的，就算採取大動作糾舉也沒辦法起到很好的解決效果，若是她裝傻就沒辦法再追究下去。要是這麼做，就算她暫時不找人麻煩好了，放長遠來看，平林同學在班上的地位還是岌岌可危。」

「……這麼說、也對。」

我點頭回道。確實是那樣沒錯。現在該想的不是讓那種騷擾行為暫時停擺，而是要把平林同學今後的地位一併考量進去，再來想辦法因應吧。

「……那該怎麼做。」

「說真的，繼續維持現狀，我們幾乎無計可施。直到騷擾規模擴大之前，在旁邊觀望、不要讓情況惡化，這可以說是最聰明的做法吧。」

「這樣啊……」

我無力地脫口。

剛才跟泉談話的時候，我腦中同時萌生某個念頭，這時我再次回想那件事。

居然會發生這種不公平的事情。也就是說這個是——

「我問妳，『人生』真的是神作嗎？」

我不禁把這個疑問問出口。

「……這話什麼意思？」

日南直盯著我看。眼裡似乎透露些許哀傷。但或許她是覺得問這種事情的我很悲哀。

「因為這種事情實在太不公平了，等同在沒有任何理由的情況下出現壞事吧。在沒有任何徵兆的情況下發生這種事，未免太奇怪了。這樣還配稱『神作』？」

我正開始能對這個「遊戲」產生一些好感，說這種話我也很難受，但我認為還是該把真實想法說出來。

我開始懂得享受這個名叫人生的遊戲，也開始學會喜歡自己這一路上看到的新景色，它們是如此燦爛耀眼。

可是像這種蠻不講理的事會突然降臨在某個人身上，沒有任何理由，那不就像一個殘存程式錯誤的遊戲？

這時日南緩緩地搖搖頭。

「理由是有的。」

「……所以是什麼理由？」

我屏息以待，等她說出後續，日南則像在數數般折起手指。

「紺野繪里香喜歡中村，優鈴也喜歡中村。中村跟父母親吵架。還有——有人幫助跟父母親吵架的中村，那個人正是優鈴。」

日南邊細想邊列舉最近發生的事。

「因為優鈴出面幫忙，中村才能參加球技大賽。因為我出了一個習題給你，紺野繪里香那群人才有意投入球技大賽。多虧這點，男女雙方都在球技大賽上贏得冠軍。因為得了這個冠軍，優鈴跟中村才開始交往——還有平林同學是一個懦弱的女孩子。」

大概是事情都列舉完了，日南說到一半頓了一會兒。接著再次開口。

「這些事情分開來看都沒什麼大不了的，可是放在一起就會產生骨牌效應，排成一列依照先後順序倒塌，引發連鎖反應。最後讓最壞的骨牌倒下，也就是『紺野繪里香開始找人麻煩』。這些事情並不是憑空發生。之前發生的一連串事件變成一片片骨牌，全都成了如假包換的『理由』不是嗎？由此可見並沒有發生蠻不講理的事。那是一種必然結果。」

這段話並非毫無道理。照她這麼說來確實是那樣，與其說這次紺野會那麼做是一時興起，倒不如說有許多小事件不斷累積，全都朝同一個方向堆疊，最後才引發那種結果吧。從這個角度想，或許不能說它是「憑空發生」。因此，「覺得人生會出現這種不公平的事根本稱不上神作」——也許是我太早下定論。

但日南那種說話方式還是讓人莫名不爽。

「說什麼必然結果……難道平林同學會遇到那種事是不可抗力？」

我用有點強勢的語氣逼問，日南則點了點頭，臉上表情依舊沒變。

「是啊，就是那樣。」

「日南……」

不僅如此，日南還面不改色地說了這種話。

「再說其實我並不認為……以現狀來說有出手幫忙的必要。」

「咦？」

我不禁用錯愕的語氣反詰，她怎麼說得出這種話。

「因為那種程度的騷擾有別於霸凌，靠她自己的力量就能解決吧？只是平林同學沒有那個意願罷了。換句話說，可以解釋成背後有某種原因。」

日南若有所思地說著，就像在說什麼理所當然的事情。

「……妳這傢伙。」這句話連我聽了都覺得火大。「說這種話未免太過分了。」

緊接著，日南還是一樣面無表情，她先是盯著我看了一會兒，之後就靜靜地開口。

「讓你感到不快，先說聲抱歉。只不過完全看不出平林同學有主動解決這個問題的打算不是嗎？假如她自己有意解決，這件事情很可能就會落幕。以此類推，平林同學本身就是助長紺野的原因之一吧？」

「不……這個——」

這句否認的話說不下去，我暫時陷入沉默。

的確，這點我也有跟泉談過。就如日南所說，因為她不反擊才會被盯上，這部分確實是那樣沒錯。

話雖如此，照理說錯不在平林同學身上。

「……可是，紺野就是利用這點將她當成目標吧？那樣不是太奇怪了嗎？」

然而日南搖搖頭。

「紺野繪里香的做法確實很卑鄙、很醜陋。錯的人是紺野。這點千真萬確。不過，你也說過吧。若是有狀況擺在眼前，『主動握住搖桿並克服萬難的人』才配稱『玩家』。這點拿到『人生』中也是一樣吧？」

「話是這麼說……沒錯。」

「聽好，我也同意這個說法。不過，我不認為所有人非得當玩家不可。但我認為應該要當玩家才對。至少我自己是想當玩家的。關於這點，你跟我持相同看法對吧？」

「……算是吧。」

我模稜兩可地點點頭。雖然這其中有玩家第一人稱視角或角色視角的差異存在，但是關於「自己主動拿起搖桿作戰」這樣的態度，我跟這傢伙看法一致。面對擋在前方的遊戲規則高牆，我們必須反覆思考、反覆驗證，靠自己的力量做出成果。絕不放開搖桿。這才是玩家該有的基本作戰態度。

「就目前看來，平林同學並不打算成為『玩家』。是這樣吧？」

「也許就像……妳說得這樣，但是……」

的確，說到平林同學是否要當「玩家」——也就是為了改變現狀，是否願意主動出擊做些努力，或是做些嘗試，我想八成沒有吧。看起來平林同學平常被人欺負都只覺得「那是沒辦法的事」。

「可是受害者是平林同學啊。」

這讓日南點頭回應。

「當然是那樣。我明白這點，接著才考慮要不要幫她。一個玩家想靠自己的力量前進，拚命掙扎還是無法解決問題，如果他為此感到困擾，我也願意積極幫忙。不過，假如他一開始就沒有主動解決的意思，其他人就沒有伸出援手的必要。話雖這麼說，如果情況進一步惡化，我當然還是會想辦法幫忙。以現況來看，還沒達到需要人無條件伸出援手的地步。」

這句話比平常說過的都還要冰冷，就這樣竄進我耳裡。然而目前情況只是比平常更嚴峻一些，日南說那些話的中心思想依然和平日裡沒什麼兩樣，一方面又覺得自己只是拿它跟現況相比才感到冷酷罷了。

「……好吧，我明白妳想說的。」

除此之外，我想這傢伙說的並沒有太過偏頗吧。

「妳也沒有……非救不可的理由吧。」

「的確。雖然我有能力幫她，卻不是非救不可。」

「……這樣啊。」

既然如此，逼日南「想辦法做點什麼」也於理不合。就算這樣還是想改變現況，那只能靠我自己了。

當我低著頭思考自己能做什麼，不知為何日南用傻眼的目光看我。

「我問你……你該不會想設法解決這個問題吧？」

「咦……也不完全是那樣，但如果有我能做的事情，我想出手幫忙。」

我老實回答，這時日南發出一聲嘆息。

「之前想說你大概是被水澤影響，沒想到這次又被優鈴影響……」

日南看似無奈地按住太陽穴。

「不……我又沒有要學他們。」

嘴裡這麼說，我發現一件事。的確，仔細想想我並沒有跟平林同學特別要好，也不喜歡逞英雄去幫助有困難的人。豈止是這樣，在過往的人生裡，就算看到班上出現霸凌事件，我也不曾想說要出面阻止。

然而如今卻像這樣，想要盡自己所能出一份心力。

會出現這樣的心境變化是基於什麼，連我自己都不清楚，可是最大原因應該是一直就近看泉表現出「想幫助人」的樣子。

此時日南換用認真的眼神看我。

「總而言之，若你想自行採取行動，那就要慎重行事，以免情況更加惡化。這陣子就暫時不出習題了，你就把腦力用在這件事情上吧。」

「知、知道了……」

「硬要說的話，課題就是別讓情況惡化。總之你要審慎思考再行動。」

「……好。」

「不過……照現況看來，我個人還是覺得在一旁觀望才是上策。」

「在一旁觀望啊……」

我不否認聽到這句話給人一種不上不下的感覺，可是目前還沒想到具體對策，就算想採取行動好了，就眼下情況而言也只能接受「在一旁觀望」這個提議。

就這樣，這天的會議到此結束。

＊　＊　＊

隔天早上，跟日南開會並沒有討論太多東西，所以會議比平常更早結束。

來到教室裡，我看到泉跟平林同學這兩人正在說話。在這樣的時間點上，那兩人湊在一起，感覺就是很有事的組合。是泉在展開某種行動了嗎？

這讓我感到好奇，所以從教室門口走到自己座位的路上，我刻意經過能聽到她倆對話的位置。接著我聽到這樣的對話。

「這麼說來，一大早桌子就移位了……」

「嗯……應該是放學後弄的吧。不過自己移回來就可以了……」

「咦，可是……」

這段對話內容八成跟紺野繪里香的騷擾有關。也就是目前的現況，但只有平林同學本人知道。

就在這個時候，我發現泉現在打算做的是什麼。

泉一定是想「既然不能跟紺野繪里香直接談判」——

而且無法掌握足夠的證據，讓那些大人用更大的力量處置紺野。

就算是這樣，她還是想要找到自己能做的事，所以才在確認平林同學的狀況吧。

對於泉這樣低調又堅強的體恤之心，我再次有了深切感觸。

「不過，原來是這樣啊……若是太早回去就會被人趁虛而入。」

「……果然是這樣嗎——」

泉偷偷確認時鐘，同時用認真的表情與平林同學說話。紺野繪里香還沒出現在教室裡。

接著幾分鐘後。泉最後一次確認時鐘，之後笑著跟平林同學揮揮手，並走向教室前方，也就是紺野繪里香那幫跟班所在的位置。

緊接著，又過了一到兩分鐘。紺野繪里香堂而皇之地進入教室，刻意繞路走去輕踢平林同學的桌子，然後再朝教室前方靠窗處走去，開始和那些跟班聊天。

這天，在那之後我也一直偷偷觀察，好比休息時間一到，紺野繪里香會跑去上廁所或是做其他事情、人不在教室裡；或是要換教室，泉先回去的那一天；又或者是放學後，紺野繪里香等人留下要準備參加社團活動的泉，會先行回去。

如此這般，當紺野繪里香的眼線從教室消失，泉會立刻走過去找平林同學，然後把握那段簡短的時間交談。從早上開始到放學後，她一直在做這些事情。

也就是說泉就像這樣，靠她自己的力量、為了盡量深入這個問題，她一點一滴做著自己能做的事吧。

那麼，我是否也能做點什麼。

＊　＊　＊

隔天第一節課的下課時間。

課一上完，我馬上轉向旁邊跟泉搭話。

「對了，泉。」

昨天就近見識泉努力的樣子，回到家的我在自己房間裡想了許多。然後我得出一個結論，那就是自己好歹也能盡那麼一點心力吧。

「嗯？」

這時泉用錯愕的目光看我。

「那個……」我一面思考一面斟酌用詞，就為了實現自己下定決心要做的事。「平林同學還好吧？」

當我問完，泉先是眨眨眼睛，接著就目不轉睛地觀察我。

「你說的還好是指？」

「其實也沒什麼……想說妳們昨天好像聊了不少。」

「啊啊，原來在說這個啊！」

「我在想情況是不是不大樂觀。如果有我能幫得上忙的地方，我想幫幫她。」

對。既然我沒辦法直接為平林同學做些什麼，至少可以幫正在採取行動的泉。假如還是沒有我能幫上忙的地方，那我還是想聽聽正在努力的泉怎麼說，略盡綿薄之力。畢竟我可是泉在 AttaFami 界的導師。徒弟有困難，當然要出手相救。應該說會很想主動幫忙才對。

這時泉用有點消沉的表情看我。

「嗯——其實……」

「其實？」

我出聲回問，泉則稍微壓低音量。

「表面上看不出來，但紺野繪里香的騷擾似乎變本加厲了。」

「……咦？」這句不祥的話讓我心頭一驚。「妳說的變本加厲是——？」

泉的目光落到手中那根自動筆上。

「聽平林同學說，好像是……自動筆的筆芯幾乎都斷了，原子筆明明還有水卻寫不出來。」

「那、那不就……」

照這個情況來看，肯定是紺野繪里香幹的好事吧。

這種做法實在很不乾脆。自動鉛筆的筆芯斷了，紺野可以說是前陣子掉在地上弄的，原子筆也是一樣，說有時就是會斷水，她就能把這件事帶過。紺野刻意將欺負人的行為壓在這種範圍內吧。

然而跟之前不同的是——開始出現物品毀損。

「把人家的東西弄壞，這樣就有點過分了。」

「……說得也是。」

那樣就得買新的來換，換句話說會蒙受金錢損失。

「不過還是一樣，找不到證據。」

聽到這句，泉懊惱地點點頭。

「還有一件事情。我猜男生應該不曉得……最近不知道為什麼，之前那個LINE群組沒了，班上女生又創新的群組……」

「是、是喔？」

先別說那個，原本就有這種東西啊？話說這樣一想，其實我們班自己就有開一個屬於全班的群組吧。但我沒加就是了。

「而且平林同學沒有加入那個群組。」

話說到這邊，泉露出苦澀的表情。

「呃——創這個群組的是誰？」

「這個嘛。是我們這個小圈圈裡頭的由美，但我想大概是繪里香叫她做的。」

「這樣啊……」

手法果然很陰險。的確，一樣一樣挑出來檢視或許沒什麼，然而這些事情陸續發生，對心靈造成的壓力可想而知有多大。希望泉「與她用平常心聊天」能起到療癒作用，成為平林同學的心靈支柱。

「至少……要想辦法解決物品受損的問題……」

「嗯……」

此外根據觀察，可知那些騷擾行為現在依然持續進行。每當平林同學去上廁所或是為了其他事情離開座位，紺野她們就不會待在平常待的教室前方靠窗處，而是在平林同學桌子附近閒聊。然而其中一個跟班的位子似乎就在那一帶，也就是說若有人追究，她打算堅稱「只是來這女孩的座位附近」吧。

看著看著，平林同學已經從走廊走回教室，但平林同學當然沒辦法坐回位子上。自己的座位遭人霸占，她連抗議都辦不到。

平林同學在門口附近呆站幾秒鐘，接著吸了一口氣再吐出來，又回到走廊上。

「……唔。」

我再也忍無可忍，開始去想我能否設法改變現場氛圍。就像在舊校長室嗆紺野繪里香那樣，只要踏出一步，或許能改變什麼。或者運用至今邊觀察邊想、用來操縱整個團體的技能。就這樣，我一一審視自己擁有的籌碼，去想該採取什麼樣的行動，說時遲那時快——

「——紺野！」

一道雄糾糾氣昂昂的聲音在班上響起。

紺野惡狠狠地瞪視發聲者。

教室裡所有人都在看出聲的那號人物。我也朝那個方向看。

這一看讓我大吃一驚。

因為在那的人竟然是——

在我視線前方的是——小玉玉。

小玉玉身材矮小、看上去弱不禁風，然而那目光堅定不移。

「這種事要做到什麼時候！妳也該適可而止了，別再幹那種無聊事！」

她用力指著紺野，鏗鏘有力、斬釘截鐵地糾正對方。

大家已經隱約察覺到了，但說了八成也無法改變什麼，或是害怕去說，所以就一直視而不見——然而小玉玉卻挺身而出。

就在大家眼前，話說得直截了當，一針見血插中本人痛處。

那副模樣讓我無法別開目光。

紺野一臉不悅，彷彿要靠視線殺了小玉玉，一直瞪著她。

「啊？在鬼扯什麼？」

還是老樣子，紺野開始裝傻不認帳。

不過，小玉玉可不會屈服。

「少裝蒜！中村被人搶走就隨便找人洩恨，未免太扯了吧！」

小玉玉用這句話打臉紺野，就像要挖出藏在惡意之後的真實核心。這讓室內的空氣頓時降至冰點。

「哦……」

紺野開始用打量的目光將小玉玉從頭看到腳。

緊接著——

「這樣啊，我瞭了。」

不屑地說完這句話，紺野從平林同學的桌子上下來，朝小玉玉走去。

眼裡明顯帶著敵意、惡意、要加害對方的念頭。然而似乎是想表現出從容不迫的樣子，她的腳步很緩慢。

接著她來到小玉玉身邊，跟對方互看一會兒——之後露出得意的笑容，似乎沒把對方看在眼裡。

紺野將手放到小玉玉肩膀上。

「花火，妳在發抖呢。」

「用不著妳多嘴！」

焦急地說完這句，小玉玉將紺野的手用力甩掉。

緊接著紺野就按住手腕處，嘴裡說著「好痛……」，裝出有點誇張的吃痛樣，由上而下看著小玉玉。

眼眸深處蘊含怒氣。

「我、我沒有打那麼用力……」

直到這個時候，小玉玉首次出現明顯的慌亂表現。就像在嘲笑她那副德行，紺野「呼——！」地吐了一口氣。

「先出手的人可是妳。」

紺野話就說到這邊，之後帶著那群跟班回到平常待的教室前方靠窗處。

教室裡開始充斥不平靜的吵雜聲。

這時我突然發現一件事。

許許多多的事件連成一串，骨牌依序倒塌，但是還沒迎向終點。

就在這個瞬間——又多了一個。

至今為止最關鍵的一塊骨牌已經靜靜地倒下。

＊＊＊

教室前方傳來好大的一聲「唰啦」。

「啊，抱歉──」

耳裡聽到的又是那個，紺野繪里香過分明顯的嘲弄聲。

對於掉落的鉛筆盒理所當然地不屑一顧，她跑去找那群跟班。

教室裡開始散發一股異樣氛圍。

正如曾幾何時曾經見過的，最初的那些惡意行為彷彿再次重演。

只不過，眼下情況跟當時有個明顯的差異。

我朝聲音出處看去，用力咬著嘴脣。

在心裡的某個角落，我早就料到事情會變成這樣，並且害怕它成真。

剛才被弄掉鉛筆盒的人不是平林同學，而是小玉玉。

面對令人有些不忍逼視的現狀，教室裡吵雜聲越來越大。

紺野繪里香的用意明確到不能再明確。

就只是發生了那麼一次的事件，卻用殘酷的行為報復，所有的不祥都集中在此。講白點就是此時此刻、在這個瞬間——目標轉移了。

這個事實扎痛我的肌膚，為了幫忙撿拾散落的文具，我靠近小玉玉的座位。朝四周張望發現日南跟深實實也開始移動步伐。

就在這個時候。

「——紺野！」

直截了當、強而有力的糾舉聲再次傳入耳裡。

我的目光被吸引過去，彷彿時間靜止一般，那種感覺在我的神經中遊走。

我、日南和深實實都停下腳步。

眼前看到小玉玉正瞪著紺野的背，朝她吼叫。

「剛才是妳故意弄掉的吧！」

小玉玉沒有拐彎抹角，劈頭就直指核心，用那句話責備紺野。

「啊？證據在哪？別血口噴人好嗎？」

「我才沒有血口噴人！」

「我說，剛才不是已經道歉了嗎？只是把鉛筆盒弄掉，用不著說成那樣吧？」

「問題不是有沒有道歉！」

「是怎樣？又要行使暴力？」

「才沒有……！我才不會行使暴力！」

然而最後那句反駁顯然被紺野當成耳邊風，她又回去和那些跟班聊天。小玉玉暫時瞪著紺野好一會兒，最後才死心別開目光。接著為了撿拾散落的文具，她就地蹲下。看到這一幕，我再次邁開步伐。

深實實早就小跑步趕過去了，接著我跟日南也來到小玉玉身邊，四個人一起撿那些文具。

只見深實實用認真的眼神看著小玉玉。

「小玉妳沒有做錯事。」

「……嗯。」

深實實說話的語氣很開朗，像在鼓勵她一樣，小玉玉聽了帶著微笑回應。

「那個……小玉玉，妳還好吧？」

「……嗯，我沒事。」

這種時候我實在不知道該說些什麼才好，只能問些曖昧的問題，但是小玉玉也對這樣的我露出微笑。

「花火，別放在心上。」

「葵……嗯，謝謝妳。」

「我……我會想辦法的。」

「……葵？」

在那之後日南小聲說了這句，似乎為某事下定決心，對小玉玉輕輕地點點頭。

＊　＊　＊

從那天開始，情況明顯出現轉變。

紺野每次移動時不再踢平林同學的桌子，改踢小玉玉的。

小玉玉的自動鉛筆筆芯和原子筆陸續毀損。

紺野那幫人閒聊時越來越常說小玉玉的壞話。

還是老樣子，紺野繪里香會看心情做出那些殘酷的行為。

每天必定會重複上演一到兩次，持續降臨在小玉玉身上。

可是——在這之中。

有一點跟平林同學那個時候很不一樣。

那就是——

「——紺野！妳又踢桌子了吧！」

每當自己遭受危害，小玉玉就會強力主張。

她絕不妥協，總是會抗議。

平林同學只是靜靜地承受這一切，跟她正好相反，小玉玉就是無法容忍每一次的騷擾，會一直糾正所有的行為。

強力主張的程度甚至可以說是極端，但是同時又覺得這份堅強搖搖欲墜，不曉得什麼時候會被打破。

此外。

紺野繪里香根本不買帳。

「這算什麼？那些都是碰巧吧。拜託妳別亂扣帽子好嗎？」

「竟然說我亂扣帽子……昨天明明也發生過！」

「我說花火，難道妳忘了前陣子才對我暴力相向？」

「不……就說那是偶然……」

「啊？我這個才叫偶然吧。故意行使暴力的人是妳。」

紺野先是用充滿憎恨的語氣抨擊小玉玉，接著無視要繼續抗議、嘴裡說著「但那是……」的小玉玉，跑去找自己的跟班。

「等等我話還沒說完……」

「好了花火，妳冷靜點。」

「就是說啊，小玉！別氣別氣。」

看小玉玉還想繼續追究下去，日南跟深實實介入制止。

「……可是——」

懊惱地咬著嘴脣，小玉玉用力瞪著紺野繪里香。

然而紺野繪里香根本連看都不看，在自己的小團體中央開心地笑著——

最近這幾天，那樣的片段在眼前上演好幾次。

當小玉玉的自動鉛筆替換用筆芯再次被人全數折斷——

一發現這件事，在教室裡的小玉玉就刻意朝紺野繪里香走去。

「紺野！別隨便摸人家的東西！」

「……啊？在說什麼啊？」

紺野一臉無趣，沒有順著小玉玉的話回應。

「別用這種方式裝傻！」

「拜託妳別靠近我行不行？我可不想被人暴力相向。我反對暴力～」

「……唔！就說那是——！」

就是這個樣子，小玉玉完全沒有讓步，她持續奮戰。

可是紺野繪里香根本不當一回事，彷彿自己才站在理字上，一直用「暴力」這個字眼譴責小玉玉。

「好了好了，小玉！要去學校餐廳吃飯囉～！」

「靠窗的位子會被人搶走！花火快點！」

緊接著日南跟深實實又跳出來打圓場，以免她們發生衝突。

這幾天也常看到這樣的光景，看了一遍又一遍。

總覺得慢慢地，好像有某種東西在剝落。

會貫徹自己的想法。完全不去顧慮「周遭氣氛」。

這一定是小玉玉與生俱來的個性吧。

所以才會吸引深實實和日南，被那兩個人當成珍寶、一直守護她。

這就是小玉玉的強大之處，也是心中最重要的信念。

不過，正因如此。

曾幾何時在家政教室裡，她差點跟中村起衝突。

我還聽日南說過，過去她曾經真的跟中村起爭執。

我想這一定不是什麼稀罕事吧。

小玉玉自己也說過，她說「不擅長融入群體」。

因此很感謝讓自己融入群體的深實實。

換句話說小玉玉的中心思想雖然強悍，卻是一把雙面刃。

重點在這。紺野繪里香只做出些許的騷擾行為，小玉玉則出面抵抗。

隨著一次次的交鋒，有樣東西逐漸剝落——

「花火看起來還真是辛苦呢……」

「就是說啊……在平林同學之後，接下來變成花火，感覺就是只要能洩恨找麻煩，對象是誰都無所謂。」

「真的，有紺野同學在一定都會往那種方向發展。」

「啊──好想早點換班──！」

「夏林真的好厲害……紺野也沒料到對方會這樣大肆反抗吧？如果是我肯定做不到。」

「對啊，說得沒錯。人不可貌相，她可是很有骨氣的。」

「就是啊。真希望夏林能戰勝──」

「總覺得……紺野同學是很過分沒錯，但不管怎麼說，夏林同學的火氣未免也太大了吧。啊！當然錯的人不是夏林同學！」

「這麼說也對啦。就覺得她可以再處理得更圓滑一點？那樣我們也能更支持她一些……」

「……是啊，會希望她能為每天被迫看這種事情的人著想吧？」

「啊，沒錯沒錯！」

「又開始了。」

「對啊。真希望她們別再這樣，覺得好像都是花火一個人在窮嚷嚷。」

「是說跟紺野講道理，她也不會聽吧。」

「對，反而會造成反效果。」

「今天是第幾次了？真受不了。」

「誰知道？話說夏林為什麼要氣成那樣？」

「我是知道紺野很過分沒錯，但每次在教室裡吵起來，氣氛就會變糟，那個人難道不懂嗎？」

「從某方面來說算自作自受吧。」

「不過夏林原本就不太會看場合啦。」

「——不覺得她反應過度？」

整體氛圍。班上的風向慢慢變得有點奇怪。

之後大概過了一個禮拜。

班上部分男女開始避開小玉玉。

＊　＊　＊

在還沒上課前的教室裡。

「對了對了，我最近買了這個，是不是很可愛？小玉也來一個吧？」

深實實跑來跟小玉說話。

從某個角度來說其實這樣的景象司空見慣，談話的內容也沒什麼大不了，是很普通的閒聊。

「咦——？這個哪裡可愛了。到時又會被友崎同學說不可愛喔？」

「好過分！一直看就會越來越有感覺好嗎！」

「是喔——真的嗎？」

「真的真的！」

唯有一點不同——就是兩人的音量大小。

先前這兩個人都會吵吵鬧鬧地嬉鬧，甚至能夠影響整個班級的氛圍。

現在卻用很小的音量交談，以免吵到整個班級。

彷彿怕聲音會從配給小玉的領土外漏似的，聊天的時候還要戰戰兢兢。

不久之前深實實會大聲吵鬧，小玉玉則大肆糾正她，如今的氣氛截然不同。

會變成這樣，理由很簡單。

——那就是教室裡的「氛圍」不允許小玉玉大聲說話。

不只是小玉玉，甚至是有她在內的團體對話也包含在內。班上同學不喜歡她們大聲喧譁。

班上的氛圍開始惡化，讓人察覺有這樣的「規則」存在。

深深實實跟小玉玉在半徑數十公分內互動，大家都在偷看她們，像在窺探、目光裡頭又混雜些許惡意。

雖不至於正面排除，但人們走路時都會刻意避開，都是以「感到有點煩躁」為前提。

至今為止班上不曾出現這類現象，罪魁禍首都是「整體氛圍」，它讓整個集團開始慢慢出現迫害行為。

然而情況還未惡化到由整個群體進行大規模霸凌。

日南讓班上的氣氛不至於完全毀壞，讓它在千鈞一髮之際懸崖勒馬。

「繪里香她最近實在做得太過火了……」

休息時間一到，日南跟她的小團體全聚在一起。由日南操縱氛圍。

日南這群人是最頂階的群體之一。班上處於中間階層的女孩子都想加入這個集團，紛紛聚集過來，日南則對她們宣導紺野的所作所為有多壞。

「花火就像那樣故作堅強，私底下卻弄得滿身傷……」

她徹底運用聲音和表情，用感性的方式訴說，想要讓大家同情小玉玉。順便讓人們討厭紺野繪里香。中間階層的人容易「隨波逐流」，本身的意志不夠堅定，日南為了拉攏這些人可以說是用盡各種手段。

不是利用休息時間一而再再而三說這件事，頻率上讓人不會有受到強迫推銷的感覺，但每次開口都會犀利地直指要害。

甚至不惜利用自己的人望，這也是平常慣用的手段，日南藉此穩住教室裡的氣氛。

深實實會去關照小玉玉，日南則讓教室裡的空氣降溫。

因為這兩人賣力表現，所以最關鍵的環節仍不至於發生。

＊　＊　＊

這天早上開會的時候，一切都從日南漫長的沉默開始。

「小玉玉的處境似乎……不太樂觀。」

「是啊……」

日南看似焦躁地咬住唇瓣，視線飄忽不定。說話語氣也少了一份力道，甚至讓人覺得裡頭帶著一絲恐懼。

看起來就像對自己毫無自信的普通女孩——她可是無懈可擊的玩家日南葵，我覺得她最不可能做出這種舉動。

「……怎麼了？」

就算我這麼問，日南也沒有給出像樣的答覆，只有輕輕地說了一聲「也對」，之後又閉口不語。

所以我再次開口。

「這樣下去……她會逐漸遭到孤立。目前有妳跟深實實保護她，還能想辦法挺住……可是繼續下去就會——」

情況比預料中更糟糕。

每次紺野繪里香和小玉玉吵起來，日南跟深實實都會適時介入。深實實會盡量陪在小玉玉身邊，成為她的心靈支柱，幸虧如此，小玉玉每天才能開心地笑著、一次又一次。日南則極力避免將騷動鬧大，避免大家的觀感惡化，用盡各種手段，每天都跟名為「整體氛圍」的怪物作戰。

日南開始不擇手段，那股力量不容小覷，照常理想不可能辦到，但她卻讓整體氛圍維持在那個範圍內。

然而——氣氛還是沒有朝好的方向發展。

小玉玉依然堅持要反抗到底，跟紺野一再起衝突，人們的厭惡之情每天都確實向上堆積。累積到最後，總有一天會深入人心、再也無法顛覆，就像茶漬一樣，在大家心底扎根。

此外「明明就結束了又故態復萌」這點，會讓每次起衝突帶來的負面印象逐漸擴大，人們心中的煩躁也會一點一滴膨脹。

即便如此，日南還是沒有改變做法，那些負面情感和壞觀感與日俱增，她會在每次衝突發生時試著徹底弭平、讓它別這麼明顯、想辦法打圓場，就為了這些持續奮戰。

的確，只有日南能展現這種強大的技藝。

而小玉玉也確實因此得救。

假如少了日南，小玉玉的立場早就岌岌可危，來到無法挽回的地步吧。還能在教室裡用平常心跟深實實對話——搞不好早就連這種機會也沒有了。

「說得對……這樣下去不妙，要想想辦法才行……」

「要想辦法啊……」

話雖這麼說，我卻覺得有些不對勁。

會覺得不對勁是因為日南選擇「那種做法」，讓我覺得這實在說不通。

「對了……日南。」

「……什麼事。」

因為那跟平常的她有點出入。

並不是覺得那樣做是錯的，或者認為她不該那麼做。該說我也認為這麼做不失為一個方法。

不過，就是有哪「不一樣」。

因為這不像日南的做事方式。

所以我開口的時候刻意斟酌說辭，盡量避免產生誤解。

「那個──我也覺得現在幫助小玉玉是首要目標……比其他事情都要來得重要。」

「……所以呢，你想說什麼？」

日南用讀不出感情的雙眸望著我。是我多心了嗎？眼裡的色彩好暗沉。

我將心裡那股異樣轉變成言語。

「為了實現這點，舉例來說，我們可以去拜託小玉玉不要再跟紺野繪里香硬碰硬──」

「那是不可能的。」

那對深邃的眼眸彷彿要將我整個人吸進去，聲音裡蘊含堅強無比的意志，日南斬釘截鐵拒絕我的提議。

「……為什麼？」

那個樣子讓我萌生跟平常有些不同的恐懼，同時我詢問背後的理由。

日南的表情無力到不像這傢伙會有的，那道目光卻無比銳利，好像在譴責我一樣。

「花火並沒有錯。我以前就提過吧？她只會率直表達自己的想法，心和話語都赤裸裸的。所以不能那麼做。」

這種話聽起來不怎麼合邏輯，日南在解釋自己的想法時，用詞鋪陳一點都不巧妙。我不曾看過這樣的她，甚至心生迷惘，不曉得是否該點明這件事。

換句話說，現在的日南情緒不是很穩定，讓人不禁心想「是否不該針對她的說法予以否認」。

「妳說不行，這是為什麼？」

當我小聲道出這個疑問，日南開口了，彷彿不是說給我聽，而是在向某人訴說。

「花火是對的，她的處境才是一種錯誤，因此花火不需要改變。」

「……妳的意思是——」

我當下立刻發現一件事。

她說的話確實合情合理。有一方是正確的，另一方不對，那錯誤的那一方就應該要做出改變。這樣的看法合乎情理。我個人也比較支持這種想法。

但是，還是有某個地方「不對」。

因為這跟日南一直以來的主張背道而馳。

「所以說，花火必須維持原樣……若是不想辦法解決問題，那樣一點意義也沒有。」

然而令人納悶的是日南如此斷言。

「日南……」

先前日南處理事情的方式都不是這樣。

不管有多相信自己是正確的，她都會拿去跟世人的價值觀作比較，若是不能貫徹自己的意志，那就等同是白搭。因此就算來到對手的地盤上，她也不惜在這個範圍內扭曲外在的自己，就為了貫徹自信是對的主張。

換句話說，假如環境是錯誤的，那她就要配合這個錯誤的環境作戰。

那是這傢伙的信念，也是讓她一路打勝仗的手法。

那麼為了解決這次的問題，讓小玉玉改變才是上策。

照理說按日南的做法，應該會得出那樣的結論。

然而奇怪的是剛才日南說出與之相牴觸的話。

——錯的是外在處境，小玉玉沒必要改變。

而且還不只這樣。

是否該幫助中村、要不要幫忙平林同學，在想這些事情的時候，日南認為那兩個人與自己道不相同，甚至斷言沒必要幫助他們。

這個巨大的落差甚至讓人感到矛盾。

「——沒關係。那就由我來改變這個班級。」

日南根本沒在看我。

除此之外，還有一件事情令人不解。

從日南的神情可看出一股意志和決心，它們確實強到令人難以置信的地步——不過，那不是先前看著泉進而感受到的外柔內剛，而是無法撼動、有些扭曲的偏執。

＊　＊　＊

就在某一天，深實實蹺掉社團活動。

是因為體育館內的場地不夠，這天小玉玉參加的排球社休息。

不能讓小玉一個人回去。深實實這麼說，選擇跟她一起回家。

深實實也邀我，對我說「友崎也跟我們一起回去吧」，我們三個人就一起放學回家。

到這為止，那兩個人還是平常的小玉玉跟深實實。

「啊！小玉妳這裡沾到食物的殘渣！是不是剛才吃的派？」

「咦？真的嗎？」

「等等喔……好了拿掉了。啊姆。」

「咦!?妳怎麼把它吃掉!?」

就像這樣，該說她們感情還是一樣好嗎？這兩人的關係已經讓人搞不清楚了，

如今一起放學，互動上還是跟之前一樣高調——讓人不禁有所體認，覺得她們在教室裡果然變得比較收斂。

「深實實，這樣會小玉玉會討厭妳喔。」

「咦!?是這樣嗎，小玉!?應該不會對吧!?」

「怎麼可能！一定會受不了啊！」

「打擊好大！」

「……哈哈哈。最近深實實真的好瞎。」

「連、連友崎都這麼說!?」

看到這樣，我也要盡量表現得跟平常沒兩樣，將自己身上所有的技能都發揮出來，盡力讓現場氣氛變得開開心心。

「那明天見——小玉！」

「明天見。」

「嗯！再見！」

我們來到車站，小玉玉要搭的車剛好是反方向，所以我們在這裡解散。

小玉玉笑著朝我們揮手，接著就搭上電車。深實實則誇張地大動作揮動整隻手，目送小玉玉離去。小玉玉為此露出苦笑。

當電車車門關上，電車就開始啟動並離開月臺。

即便如此，深實實依然繼續誇張地揮手，最後電車終於完全看不見了，她才慢慢將手放下。深實實臉上貼著滿滿的開朗笑容，這時那表情逐漸剝落。

一聲小小的嘆息傳入我耳裡。

車站月臺上變得靜悄悄，深實實在那露出落寞的笑容。

「……事情怎麼會變成這樣。」

這句話說得曖昧不清、含含糊糊，但裡頭似乎灌注了所有情感。

我望著可以從月臺看到的片段田園風景，一面開口。

「應該是運氣不好……再加上時機不對吧。」

「是因為運氣跟時機啊……」

深實實無力地嘟噥。不過說真的，我確實這麼認為。日南也說過。每件事情以最糟的形式串成一列，慢慢地依序傾倒，一環扣一環。最後會慢慢壓垮重要的事物，讓那個巨大的骨牌也跟著倒下。

就算主嫌是紺野繪里香好了，但這一切的開端又是什麼，怎麼會造成這麼大的影響？要是有人這麼問我，我只能說是一連串小事件引發的連鎖效應。

「是啊……我認為這種事防不勝防。」

雖然感到懊惱，我還是道出我的想法，只見深實實依然低著頭、神情扭曲。

「小玉明明沒做錯什麼，卻被人家說成壞人……這種事情，我實在看不下去……！」

深實實的拳頭用力握緊，使勁按著大腿。灌注力量的拳頭一看就知道在發抖，可想而知她有多麼不甘心。

「……話是這麼說、沒錯。」

小玉玉並沒有做錯什麼。她只是糾正錯誤。還有那些甩到自己身上的惡意火屑，她只不過是盡全力將它們拍掉罷了。

然而一點一滴的負面觀感陸續堆疊累積，不知不覺間誰對誰錯這件事已經被拋到九霄雲外，如今小玉玉完全被當成壞人看待。這明明就是錯的。

這時深實實的手動了一下。轉眼看發現深實實微微地蠕動脣瓣，接著又閉上，然後再微微地打開——這樣的舉動重複好幾次。

「我問你，友崎。」

「……嗯？」

這時深實實用緊繃的表情看著我，看似不安地凝望我的眼睛。

緊接著微微顫抖的脣縫間逸出這麼一句話。

「我——做對了嗎？」

「……咦？」

「真的有讓她提起精神？」

說這話的同時，深實實眼裡透露不安的色彩。

「在小玉面前，我有表現得天衣無縫、像平常那樣開心說話？」

她用渴求支持的語調向我詢問，雖不至於滑落，但深實實眼裡浮現一絲淚光。

「有沒有哈哈大笑，像往常那樣笑得很開心……？」

她問得好迫切。這顯示深實實很不安，不確定自己在小玉玉面前是否有完美演出。

這才是深實實的真實心聲。

因此我用誠摯的態度面對，盡可能用認真的語氣回應。

「嗯……我認為妳做得很好。」

「真的嗎？沒有給人很勉強的感覺？」

「……嗯，沒問題。」

「這樣啊……」

深實實先是微微地吐了一口氣，接著就像下定什麼決心似的，轉頭面向前方。

「我啊，那個時候曾經被小玉拯救……最喜歡小玉了，所以……我才想做點事情，想要盡力幫忙。」

「……我明白。」

「可是我不像葵那麼機靈，也不像友崎這麼聰明……那我能做的就只有避免繪里香跟小玉起爭執，在旁邊支持她。」

「沒這回事……」

當我小聲否認，深實實便硬逼自己換個表情。

「少來！不過，這樣也沒關係吧！」

儘管那張臉還是透露些許不安，深實實依舊微微一笑。

「就算我只出得了這點力，只要能稍微幫上小玉玉的忙……對我來說這樣就夠了。」

「……這樣啊。」

此時深實實刻意裝出開朗的語氣接話。

「……這樣應該能多少讓小玉轉換一下心情吧？」

她說完就將雙手繞到身後，向前彎身窺探我的臉。對此，我盡量表現出堅定的樣子，並點點頭。

「嗯，我覺得一定有幫助。」

當我答畢，深實實將前彎的身體拉回，抿著嘴輕輕點頭。

「是嗎？應該是這樣吧……嗯。」

她說完就將臉轉向一旁，做出擦眼睛的動作。最後又將手放下，再次面向我這邊。接著似乎是想化解尷尬，她乾咳一聲。

這個時候，深實實臉上似乎找回一些平常會有的光彩，來自那個總是積極樂觀的她。

「就是這樣……我必須支持小玉！」

深實實說完用力握拳——然而它果然還是有些顫抖。

＊　＊　＊

隔天，紺野還是在那找碴，小玉玉依舊激烈反抗。

「妳又擅自碰別人的鉛筆盒吧！」

「啊？又在亂栽贓？」

班上同學都用感到困擾的眼神看著她們。大多數的目光確實都刺在小玉玉身上，一切正慢慢朝這個方向發展。此外，又是平常會看到的光景，日南跟深實實出面制止小玉玉。這景象已經看過好幾次，但我依然看不慣。每次看都覺得很難受、很痛苦。

但我可不是只有在一旁觀看。

為了找出自己能做的事，我仔細觀察情況，進行分析。

畢竟小玉玉正遭受不幸。

我可不希望這種事情發生。

想說自己是弱角幫不上什麼忙就裝作沒看到，這樣只是原地踏步。

日南曾對我說——「若是要你去面對一個狀況，你最擅長分析」。

再說我在 AttaFami 裡可是比日南更高段的玩家 nanashi。

既然這樣，有些日南做不到的事情，我應該能做到才是。應該是這樣沒錯。

除了拿這句話自我勉勵，首先我也不忘針對眼下狀況思考，去想最後會迎向什麼樣的終點——也就是會有什麼樣的「結局」。

深實實想要的結局大概是這個吧，希望小玉玉的抗爭能讓紺野繪里香屈服。

簡單講就是時常待在小玉玉身邊，持續照顧她，以免小玉玉受傷，進而徹底夭折，並爭取時間。爭取時間的同時，一面等待紺野不再有精力和體力去騷擾人的那天到來。要是騷擾行為能就此結束，那就會迎來好的結局。

或者她希望小玉玉能夠忍住，不要再反抗。那樣一來，至少教室裡的氣氛不會再因小玉玉反抗而進一步惡化，班上學生也比較容易產生好感。也許紺野的騷擾行為不會停止，但情況會因此好轉。再來就讓深實實給予精神層面的照護，等紺野不再找人麻煩就行了。等班上同學不再對小玉玉抱持反感，應該就有辦法挺過吧。

然而若是採用這兩種方式，一旦小玉玉遭受巨大創傷，大到深實實給予支持也無法療癒，到時就難以挽回了。關於這點，該怎麼擬定對策是一大問題吧。

反之日南的目標恐怕有兩個。第一種就跟深實實一樣，想讓紺野繪里香屈服於小玉玉的抗戰攻勢。但有別於深實實，日南不去照料小玉玉的精神面，而是處理班上整體的氛圍。趁她讓班上氣氛降溫、爭取一些時間，這時紺野的體力若是被消耗完畢，就會跟深實實想的一樣，迎來快樂的結局。

不過，日南真正的目標應該不是這個。

那傢伙真正的目的一定是——讓班上氣氛「朝反方向潰堤」。

照目前的氛圍來看，大家陸續認為「錯」的是小玉玉，她要想辦法扭轉這種局面，反過來讓同學改觀、一致認為紺野才是「惡人」。然後引爆名為「群體觀感」的怪物洪流，將紺野沖走，利用團體與氛圍帶來的暴力做個了斷。目前班上氛圍持續惡化，日南要讓它再次逆轉。這才是她想要的結局吧。

「我會改變這個班級。」

我想日南那句話一定是這個意思。

以這種條件來看，假如日南成功扭轉班上的整體氛圍，那就會迎來美好的結局。倘若還未將氣氛扭轉完成，小玉玉已先行瀕臨極限，等在後頭的就是壞結局。

可是說真的，在我看來要扭轉整體氛圍，就算靠那個日南的力量也難以實現。

那麼，如此想來，解決這個問題的方法大致分成三種。

第一就是小玉玉的抗戰讓紺野繪里香屈服。

第二是小玉玉隱忍、不再反抗，整體氣氛好轉。

第三是讓班上的氛圍朝反方向潰堤。

這些恐怕就是那兩個人希望看到的各種「結局」。

既然如此，我——nanashi應該思考的是什麼？

這點在最初就已經有了答案。

那就是要找出第四個方案。

＊　＊　＊

這天放學後，我來到圖書館。

話雖如此，我不是來見菊池同學的。基本上她放學後不會出現在圖書館裡。

我會來這個地方——是為了等排球社活動結束。

在那一刻來臨之前，我連書也不看，只是一個人在那整理思緒。

如今我「想做的事情」就是——找出第四個方案。

換句話說，就是針對這個問題找出我想要的最終結局。

真正的重點並不是盡全力使小玉玉別做出任何改變。

雖然是這樣，又不能反過來在對手的遊戲規則下全力作戰。

這兩個都只是一種手段，並非最終目的。

現在的首要目標只有一個。

「在不傷害小玉玉的前提下度過這個難關。」

——就只有這一樣。

為了實現這點，我只要找出最安全、成功率最高的對策再付諸實行就可以了。

這個一定要擺在第一位，不需要多餘的規則。

未達目的不擇手段，可以無視對我們不利的規則。

就算做法齷齪又骯髒，我也一定要朝目標邁進。

這就是 NO NAME 做不到，但我──nanashi 能夠使用的手法。

接著現在要找出實現目標的必要戰術。

我想──「逃跑」準沒錯。

臨陣脫逃。選擇按下「逃亡」鈕。

這是在遊戲裡常見的問題解決方式。

簡單講。我現在希望小玉玉──

在風頭過去之前，選擇一直「跟學校請假」。

採取這種龜縮的行動，也許得扭曲小玉玉的想法。又或者是不管經過多久，風波都不會平息。但是比起讓小玉玉受到決定性的傷害，那樣更好。

就算別人覺得這樣很遜、等同輸給對手、很卑鄙、很爛，說真的我也覺得無所謂。那種事一點也不重要。

現在應該思考的就只有「如何避免受到傷害」。只要針對這個就好。

不僅如此，若是紺野跟小玉玉不再起爭執，大家就不會對小玉玉起更多的反感。日南跟深實實就可以趁這段時間讓班上氣氛慢慢恢復。或許還能讓泉去紺野面前美言幾句，讓紺野不要這麼討厭小玉玉。雖然我是弱角，但還是盡我所能。這樣一來，解決問題的機率肯定也會提高。

因此逃跑恐怕是最可行的解決方案，就算現在情況已經惡化到這種地步，還是有幾分可行性，它的風險最低，但是很有可能將問題解決。

這就是我希望看到的第四種結局。

放學後六點一過。我離開圖書館回到教室，看到小玉玉站在窗戶旁邊看田徑社練習。

自從日南跟深實實參戰的學生會選舉結束後，曾經有那麼一段時間，我在這裡跟小玉玉對話好幾次。聊深實實的事、日南的事，還有她自己的事。小玉玉跟我說了許多重要的話。

因此這個時候，我想要再次跟小玉玉認真交談。

「……小玉玉。」

當我向她搭話，小玉玉嚇到肩膀大力震了一下，有點害怕地看向這邊。那張臉因恐懼與憤怒僵住，然而一發現來人是我，她臉上的神情就放鬆下來。

這點迫使我讀出該現象的真正含意——那就是目前只要有人叫小玉玉的名字，她就會無條件認為背後藏有「惡意」。

「怎麼了？友崎。」

她呼喚我的名字，語氣和表情就跟之前說話的時候一樣。

「呃——其實也沒什麼特別的事。」

我盡量擺出自然的笑容。

「嗯？」

「只是想找妳談點事情。」

「……是嗎？」

小玉玉出現狐疑的反應，但是些許笑意讓臉上表情變得較柔和，至少看起來沒有拒絕我的意思。

「嗯。想跟妳談紺野繪里香的事，還有班上同學的事情。」

這時我突然提到此事。

緊接著小玉玉在那瞬間吃驚地睜大眼睛，但最後還是露出打趣的笑容。

「跟你說，其實不久之前，葵跟我說了一些話。」

「咦？」

那句話乍聽之下似乎跟我提及的話題八竿子打不著邊，讓我腦裡頓時浮現問號。

「葵曾經對我說『友崎同學跟花火有點像』。」

「……咦。」

這讓我有點吃驚。日南也跟我說過類似的話，沒想到她還對小玉玉說過啊。

小玉玉目不轉睛地望著我的眼睛。

「當時我不太明白她話裡的意思，但是深深在勉強自己的時候，看到你說了不少事情，還有像現在這樣突然跑來跟我開門見山說話，我開始有點明白了。」

小玉玉嘴裡一面說著，一面露出苦笑。

「妳說的明白是指？」

被我一問，小玉玉用筆直的目光看著我，並說了這句話。

「我發現你會忠實說出內心的想法。」

「喔喔……嗯。」

我點點頭。

是那樣沒錯。應該這麼說，日南甚至說我只有這個拿手絕活，怪不得會說小玉玉跟我有共同點。

「對了，那你要聊什麼？要聊紺野跟大家的事？」

緊接著，小玉玉也直截了當地問了。一般人會覺得很難啟齒、不方便詢問，但她卻絲毫不拐彎抹角，能夠面不改色問出這種話，這就是小玉玉的作風，和我相像的地方也在這吧。

所以我沒有刻意選些場面話來說，開口道出自己心中所想。

「妳被紺野攻擊，大家都對妳避而遠之，這樣不會覺得很難受嗎？我在想若是覺得難受，其實也可以換個方法逃開。」

我話說得很直接。小玉玉的表情沒什麼變化，但是看起來也沒有不悅的感覺，再次開口依然直視我。

「這個嘛，其實很難受。不過——」

「……不過？」

在我反問後，小玉玉臉上浮現堅強的微笑。

「不過，我不會有事的。」

那張笑臉看得到鬥志、正義感、信念，那是自己心中有一把尺才能產生的自信，看上去給人這種感覺——我很喜歡。

而我身為日本第一的「玩家」，同時也是不會對自己說謊的「角色」，對自己的某些特質引以為傲，我覺得那跟這些特質有點相似。

「這是因為……妳心中已經很篤定了？」

「嗯。」

小玉玉簡短地給出肯定答覆。雖然我說的話很抽象，但不知道為什麼，我感覺背後的真實意涵已經傳達給小玉玉了。

「因為我認為自己並沒有錯——所以我能夠撐下去。」

我也不例外，聽到小玉玉說出這麼抽象的話，莫名有種能夠理解的感覺。

我用力點頭。

「……這樣啊。」

「錯的是那一方，我才是對的。不管她對我做什麼，我都不會認輸。我相信自己這麼做是對的，所以我不想妥協。」

「……嗯。」

我對這樣的價值觀頗有同感。

現在的我誠如所見，是「人生」中的弱角，每天都對自己的行動很沒自信。然而說到底在這個名為「人生」的遊戲中，套用遊戲規則後，我目前還很弱，絕對不是對於「自己」這個存在喪失最根本的自信。

我反倒覺得人生是「一款爛遊戲」，在日南跟我開導之前，我從來沒跟任何人提起這件事，只要自己覺得是正確的，這樣就夠了。我有這樣的想法、對此深信不疑，一路走來都打心底堅信這樣的價值觀。

因為我自己很篤定，所以用不著其他人來擔保其正確性。

也因為這樣，我一直在玩自己認為是「神作」的AttaFami，然後爬上日本第一的位子。中間沒有一絲一毫的迷惘。這就是我的生存之道、價值觀的全貌。如今依然是那樣，由於「我個人認為」人生是一款不錯的遊戲，才會基於該念頭行動。

因為我那麼想，所以它成就了我——這是一種最根本的感受。

如今我在小玉玉身上看到跟我一樣的特質。

「既然妳都這麼說了……那應該就沒問題了。」

有鑒於此，就在這一刻，我將接下來打算提出的方案全數廢棄。

因為我能理解小玉玉想說的。

這種感受正是最應該受到尊重的，我是真的能感同身受。

比起每天被紺野繪里香攻擊，讓大家退避三舍——

她更討厭基於自己不能接受的價值觀改變自我，厭惡程度遠在前兩者之上。

所以說，這樣就好。非得這樣才行。

這時小玉玉又大力、大大地頷首。

「只要能保有自我，不管碰到什麼事情，我都能忍受。」

「自我」貫徹整句話，這股簡單明瞭的力量讓我為之感嘆。

「——所以我不會有事。」

她的眼神沒有半點迷惘、非常堅定，只是想將自己內心的感受如實傳達給我，看起來是如此真誠。

因此我也看著小玉玉的眼睛並點點頭。

「嗯……那我就沒什麼好說的了。」

我決定相信她。

小玉玉在做的事情是正確的。

她確定這是對的，也能為它付出一切。

此外，在這種時候扭曲自我，那會比眼下處境更讓她難受。

那麼這下小玉玉該選擇的行動就是「繼續糾正紺野」。

這是因為比起讓自己的桌子再也不要被人踢到、東西再也不會被人弄壞、大家再也不會避開自己——

徹底相信「自己」更是重要好幾十倍、幾百倍。

「——那我會為妳加油。」

除了道出這句話，我再次用直率又認真的目光看著小玉玉。那或許只是我在擅自想像，但我覺得光靠這些似乎就能讓小玉玉理解。

聽我這麼說，小玉玉彷彿對一切瞭然於心，她露出溫和的微笑——

接著緩緩開口。

「可是，友崎。」

她說完換上以前擁抱深實實露出的溫柔神情，然而不知為何，背後似乎有著異常強烈的決心。

大到看著那副瘦小身軀根本難以想像，從她身上可窺見寧靜又充滿魄力的覺悟。還因此奪去我的思考能力。

此時小玉玉再度開口。

「那樣深深會難過。」

那瞳眸彷彿能看穿一切，潛藏在深處的強烈悔恨、悲傷與憤怒竄進我四肢百骸，而我能做的就只有傾聽。

「所以，我想改變自己。」

這是無法靠言語比擬的溫柔決意。

小玉玉能對自己全然信任。

甚至說相信自己就能挺過各種難關。

但是她卻把這些事情都擺在一旁、棄之不顧、毫不猶豫地捨棄，下定決心只把一件事擺在第一位。

我只能說那讓我甘拜下風。

「剛才已經說過了，我也這麼想，覺得自己果然跟友崎很像。老是把心裡話說出來，不擅長演戲，不過——」

小玉玉朝我靠近一步。

它就像小玉玉會踩出的小小步伐，可是這跨過教室地面，讓人覺得那裡有一條關鍵界線。

「我覺得友崎最近改變很多。開始懂得看場合、笑容變多了，跟大家打成一片。雖然跟我很像，你卻去挑戰自己明明不擅長的事物，確實做出改變。讓我發現原來這是能夠改變的。」

認真的目光射向我。這兩道視線太過強烈，但我打定主意絕不會移開目光。

小玉玉先是點了一次頭，接著就像平常那樣，強而有力地——

「所以說，你是怎麼辦到的——」

她伸手朝我的臉龐一指。

對著我的手指還真是挺到令人發笑的地步，這代表小玉玉不改初衷的堅定之心，深深打動我。

接著小玉玉就此慢慢地握緊拳頭。

「也把那種作戰方式教給我吧。」

就在這一刻，小玉玉眼裡燃起鬥志，雖然能夠貫徹自己的想法，但又不想讓珍視對象傷心，不想讓她受到傷害——

——所以才要「改變對的自己」。這把火靜靜地燒著，裡頭充斥令人為之震顫的覺悟。

後記

好久不見。我是屋久悠樹。

本系列《弱角友崎同學》一晃眼已經來到第四集。回想起來第一集是在去年五月發售。這一集於今年六月發售，自從我出道後，時間已經過了整整一年以上。

隨著時間流逝，我周遭的環境也跟著改變。例如我個人的生活型態刷新。還有一些人加入，為了讓作品有更好的呈現。還有為我們加油打氣的各位書迷也讓人受益良多。

放眼那許許多多的改變，肯定不只周遭的外在環境，我的內在心境也一點一滴改變。每天都對這些事情多出一點體悟。

可是某天我突然察覺一件事，日子天天在變，但有件事情從來不曾改變。

那就是 Fly 老師畫的大腿，散發「端莊又澎湃的性感氣息」。

這次要請各位注意本集封面書腰內側，優鈴的腳從裙子裡露出來。把書腰拿掉盯著插畫看，自然而然會往那邊看，我覺得這大腿有夠性感。

但是不曉得各位有沒有發現一個非常矛盾的地方，這裡出現巨大的落差，一方面是「不由自主盯著大腿看」；相對的，那個落差就是——「大腿面積畫得太小」。

這雙大腿的魅力在於會讓人看到入迷，可是畫的面積卻沒有很大。但上頭確實蘊含獨特的水嫩感，性感到讓人看得目不轉睛。

若是要在插畫裡特別強調某個部分，最簡單的做法就是把那部分畫大一點。然而此處沒有採用那種手法，而是改用另一種方式，不把它的面積畫大，但對於線條和構圖很講究。

強調女性曲線，裙子的弧度也貼合肌膚，然後用膝蓋蓋住大腿內側。這些小小的真實感加總後讓畫變得不做作，完成有深度的封面──「不是刻意擺在大家面前，只是我們看著原本就在那裡的東西。」

再來要向一些人致謝。

給插畫師Fly老師。感謝你這次也在百忙之中幫忙繪製特典。我會那麼開心單純只是因為可以看到一堆插圖。簡單講就是你的粉絲。

給責任編輯岩淺。處理完年尾這一攤，接著又利用黃金週趕製，感謝你。習慣真是種可怕的東西。

再來是各位讀者。多虧你們支持才能走到漫畫化這一步。希望之後也能繼續帶來好消息。謝謝你們。

希望各位下一集也能繼續支持。

屋久悠樹

弱角友崎同學

浮文字

弱角友崎同學 Lv. 4

（原名：弱キャラ友崎くん Lv. 4）

作　者／屋久悠樹　插　畫／Fly　譯　者／楊佳慧
發行人／黃鎮隆　副總經理／陳君平
副　理／洪琇菁　國際版權／黃令歡
執行編輯／楊國治　美術主編／陳又荻
內頁排版／謝青秀　企劃宣傳／邱小祐、劉宜蓉

出　版／城邦文化事業股份有限公司 尖端出版
台北市中山區民生東路二段一四一號十樓
電話：（〇二）二五〇〇－七六〇〇
傳真：（〇二）二五〇〇－二六八三
E-mail：7novels@mail2.spp.com.tw

發　行／英屬蓋曼群島商家庭傳媒股份有限公司城邦分公司　尖端出版
台北市中山區民生東路二段一四一號十樓
電話：（〇二）二五〇〇－七六〇〇（代表號）
傳真：（〇二）二五〇〇－一九七九

中彰投以北經銷／楨彥有限公司（含宜花東）
電話：（〇二）八九一九－三三六九
傳真：（〇二）八九一四－五五二四

雲嘉經銷／智豐圖書有限公司　嘉義公司
電話：（〇五）二三三－三八五二
傳真：（〇五）二三三－三八六三
客服專線：〇八〇〇－〇二八－〇二八

南部經銷／智豐圖書有限公司　高雄公司
電話：（〇七）三七三－〇〇七九
傳真：（〇七）三七三－〇〇八七

一代匯集／香港九龍旺角塘尾道六十四號龍駒企業大廈十樓B&D室
電話：（八五二）二七八三－八一〇二
傳真：（八五二）二五八二－一五二九
E-mail：hkcite@biznetvigator.com

新馬經銷／城邦（馬新）出版集團Cite（M）Sdn. Bhd.
E-mail：cite@cite.com.my

法律顧問／王子文律師　元禾法律事務所
台北市羅斯福路三段三十七號十五樓

二〇一八年八月一版一刷
二〇二一年二月一版三刷

版權所有・翻印必究
■本書若有破損、缺頁請寄回當地出版社更換■

JAKU CHARA TOMOZAKI-KUN LV.4 by Yuki YAKU
©2017 Yuki YAKU
Illustrations by Fly
All rights reserved.
Original Japanese edition published by SHOGAKUKAN.
Traditional Chinese translation rights arranged with SHOGAKUKAN
through The Kashima Agency.

日本小学館正式授權繁體中文版

■中文版■

郵購注意事項：
1.填妥劃撥單資料：帳號：50003021戶名：英屬蓋曼群島商家庭傳媒(股)公司城邦分公司。2.通信欄內註明訂購書名與冊數。3.劃撥金額低於500元，請加附掛號郵資50元。如劃撥日起 10～14日，仍未收到書時，請洽劃撥組。劃撥專線TEL：(03)312-4212 ・ FAX：(03)322-4621。E-mail：marketing@spp.com.tw

國家圖書館出版品預行編目資料

弱角友崎同學 / 屋久ユウキ作 ; 楊佳慧譯. -- 1
版. -- [臺北市] : 尖端出版 : 家庭傳媒城邦分
公司發行, 2018.08-
冊 ; 公分
譯自 : 弱キャラ友崎くん
ISBN 978-957-10-8215-8(第4冊 : 平裝)

861.57 107008290